Y

字母會

眼

L'abécédaire de la littérature

Y comme Yeux

目次

L'abécédaire de la littérature: Y comme Yeux

Y如同「眼」

楊凱麟

眼

~~*L'abécédaire de la littérature*~~
~~*Y comme Yeux*~~

虛構不同一於任何實際經驗，因為經驗不管多麼離奇與稀少都是真實的，而且是「已經耗盡潛能的真實」。虛構並不是不真實，因為它總是比真實經驗更多或更少，虛構也不只是說謊，因為即使謊言也只是一種經驗或想像，都不足以說明文學的創造性。虛構涉及的是最高等級的「造偽的威力」，這不是經驗的單純再現，也不是其揑造，究極地說，是足以跟經驗斷開與讓事件降臨的開始，一種關於差異未來的觀看可能，這是關於生命本身的靈視，虛構因為這個威力而比真實更真實。

文學或許不是一個關於內容的問題，不是看什麼，而是怎麼看（或怎麼都看不到）的問題，是由何種差異與全新的位置看，是「看點」（point de vue）或「聽點」（point d' ouïe）的創造。但「看點」並不是由我來想像他的位置與經驗，甚至不是任何人的位置，而是任何人皆不是卻也皆是的特異條件，這是事件（故事或故事的缺席）的純粹狀態。事件並不以人的意志與願望為轉移，它（而非「我」、「你」或「他」）在一切人稱之外，是「無人稱的」，必須被虛構出來以便觸及文學，這便是「造偽的威力」。費林格逖（L. Ferlinghetti）提出的「第四人稱單數瘋狂之眼」，正是完全不屬於任何人（甚至是「非人」）看點的虛構或虛構的看點。虛構意謂著文學裡的角色與人稱並不是「我」、「你」或「他」的經驗，不是由經驗之眼來看或聽。雖然文學中總是有各種角色，雖然這些角色總是以「我」、「你」或「他」的身分在小說裡發聲與行動，但文學卻在於將「一整個最怪異於我們的事件及詞彙肉身化的努力」，「開始於當剝奪我們說我的權力的第四人稱誕生於我們時」。在這個意義上，文學的每個人稱（「我」、「你」或「他」）其實都是為了脫離既有的人稱，為了成為某種未知的「第四人稱」，從這個非人稱或無人稱的眼中向外望，以便能重新召喚現實的潛能，以及由此潛能所賦予的威力。

透過書寫，每個「我」從日常的尋常性中出走，離開經驗的匱乏進入事件與事件的觀看中，超越已實現的事物狀態，擺脫人稱的束縛（這是你的身世？），成為代表某一事件的「意義程序」。當費茲傑羅寫著「毫無疑問，所有的人生都是一個垮掉的過程」時，並不只是指著他自己的人生，亦不只是他小說裡一個又一個已經崩潰敗亡的角色，而是對生命的文學看點或觀點。文學書寫的不是由「我」所代表的意見或共感（我們都知道，或，人同此心心同此理），而是透過「它」，陌異的第四人稱，給予事件的虛擬性，這是在不同角色上所肉身化的無人稱巨大能量，每個作家藉由書寫所幻化的「第四人稱單數瘋狂之眼」給予嶄新光線的可能性。特異之眼（或耳）內建於作品中，文學賦予我們所沒有的陌異之眼，我們由此開始觀看。

Y 眼

黃崇凱

眼

~~L'abécédaire de la littérature~~
~~Y comme Yeux~~

阿公跟幾個老人坐在塑膠涼椅聊天，阿燕在公園樹蔭邊的石凳上滑手機，距離坐輪椅上曬太陽的阿婆兩、三步。阿婆中風五年，她是第三任看護。照顧阿婆算簡單的了，至少她家裡人都很友善，也不會扣著護照和手機（家裡無線上網速度還很快很順），例假日一定讓她放假。真沒什麼不好。就是家裡讀國中的弟弟似乎對她有點說不上來的怪。阿燕在臉書互助社團看到一些給新手的建議，包括盡量避免單獨跟雇主家中男性同處一室，或者購買行車紀錄器藏在家裡，穿著要樸素也不要化妝打扮，不管怎樣都要保護自己。她不是新手了，待在臺灣期間，不時會看到外籍勞工被虐待、毆打、強暴之類的新聞。像那個印尼漁工被虐待到死的事，她只能去想，幸虧自己在地上，幸好推開門外不是海。

在外頭叫Ayu的阿燕從小被人指著說Nyonya（娘惹）、Cina Peranakan（土生華人），時常被鄰村馬來同學、達雅同學欺負，目睹親人長輩被勒索、偶爾吃一頓拳腳。每每想到這樣的童年之後，等著的是那樣的成年生活，她就開心不起來。她阿叔操著客家話，你等在山口洋還好，雅加達盡可怕，俚還細時節聽說死盡多人喏。她阿叔五十多歲，每次跟家族人談到一九六〇年代末期的恐怖時期，都還心驚膽跳，更別說一九九八年的黑色五月，總是有誰的親友在暴亂中喪生，好多人逃出國、逃到山口洋來避難。排華事件是每隔一段時間就發作的大疫，有錢沒錢都被殺掉好多，贕活的人，馴順按政府規定，改用印尼名，華語不可說，漢字不能寫，唐人最好跟番人同化，什麼元宵、清明、端午、中秋都不能過了，神明只能收起來偷偷拜。家附近的伯公像就藏在阿婆床底下幾十年。阿叔說，很多人受不了陸續離開了，贕的都係硬頸。你兜年輕不知道過去，過去就過去，你兜只要記得自己的華文名仰般寫，不要忘記了祖先。阿燕初到臺南，覺得說不上來的親切，大家慣說的閩南語聽在耳裡有些熟悉，腔調跟家鄉不同，久了都能習慣。她在山口洋的日常，家裡說客語，在外九成多用印尼語，摻雜一點印尼語、華語、閩南語和客語單詞。雖然有華裔背景，但不會說不會看，在看護仲介行前訓練課程才認真學了一點，就被送過海了。

臺南的雇主是一對退休小學教師，妻子得了不知什麼癌在做治療，丈夫的母親中風臥床幾年，雇主收走她護照，要她照料三餐、倒垃圾、洗衣、打掃等等，阿燕沒法不接受，每天跟著右半身癱瘓的老太太睡在一樓孝親房。老太太躺醫療氣墊床，她躺簡易摺疊床，一日三次翻身拍打，灌食器餵六回，上午下午各推出去附近公園曬半小時太陽，每週三次陪去門診復健，其他時間跟老太太看電視、聽收音機。本來日子就這麼過也沒什麼，她知道自己是來賣勞力賺錢的，賺夠就回家(但每月新臺幣一萬五千八百四十元的工資將近一半要還仲介公司，得還上一年半載)。日夜面對臺灣人，她偶有疑惑自己到底是印尼人還是華人。按她阿叔的話，你等就客家人囉。於是她孤獨。她跟其他印尼穆斯林幫傭或看護有著種族、信仰的差距，她不是嫁來臺灣的印尼華裔配偶，沒有真正融入這個社會的管道。三年的工作簽證很快會過去，接著還得跑一次流程才能再來三年。

倒是臺南雇主知道阿燕的半華裔背景後，花了點時間教她國語ㄅㄆㄇㄈ。

阿燕日日拿著小學生課本、練習簿寫生字，她本來覺得運氣真好，遇上了耐心教學的老師。直到有天的午睡時刻，整個屋子陰涼，老師待在廚房餐桌幫她訂正練習簿，隨口聊幾句。阿燕雙肘靠在桌沿專心寫字，突然有手摸上她的胸部。阿燕心裡驚嚇，身軀一時凍結，不敢動。她睜大眼睛，看著老師，淚水從汪汪的眼急急掉落。老師的雙掌貼伏在她胸前，直到一兩滴眼淚破碎在一隻手背，那雙手才退開收回。屋內更空曠了，電風扇呼呼旋轉，阿燕收筆，闔上練習簿和課本，起身離座，回到老太太的房間，側躺面壁，默默啜泣。

阿燕知道自己不美，先生只是忍不住。那兩團肉不是摸不得，只是沒想到在那種情況下被摸，好像寫得端正的國字也被摸歪了。那之後，先生沒再踰矩，照常教她認字，她不再當著先生面前寫訂正作業。老太太的房內，連續劇和廣播電臺時常接力出聲，阿燕漸漸跟臺灣的國語熟起來。第一年還沒結束，做完第一輪治療的太太重感冒，引起併發症，住進加護病房不到一星期就走了。阿燕經歷在臺的第一場喪事。雇主家族親友前來憑弔，兩個在外工作的兒子回來奔喪，輪流與先生守靈，坐在馬路邊搭起的塑膠棚內，聽著超渡誦經錄音，與來客泡茶、嗑瓜子談話。阿燕覺得這邊喪事辦得跟家鄉有點像，但比較現代、乾淨，像她就沒法想像家鄉哪裡找來給死人躺的冰櫃，棺材、骨灰罈的樣式、顏色選擇都沒那麼多。她翻翻那兩本型錄，模糊明白，不同容器材質，不同價錢，說明著不同的心意。父子三人曾經為一些喪葬瑣事爭吵，她照常拍打老太太的腰背、按摩細瘦雙腿，熟練換尿布，檢查四肢皮膚狀況。兩個兒子有時分別進房探看老太太，向阿燕善意點頭，沒說話。出殯日，凌晨天未亮就傳來道士作法的鈴鐺聲，嗚嗚作響的號角，伴隨兩位牽亡女郎的舞步，逐漸遠去。一行人出發到火葬場，她跟老太太留下看家。

週日放假，她無人可找，不想搭火車到高雄或臺中，不想到火車站前湊熱鬧，不想到火車站附近巷弄的店家打發時間，總之不想去一切會遇見印尼人的地方。阿燕想像自己是到臺南玩的遊客，搜尋一些部落格遊記、食記，安排到一些景點走走看看。她走在路上，不止一次慶幸臺南市區不大，走到哪幾乎都只需要十幾二十幾分鐘。當然也不止一次感覺到店家、顧客看她的眼光帶刺，雖然心想自己好歹算半個華人，又想自己同時是半個印尼人。在這裡，印尼的那一半會被放大，華人那半會縮減，正好跟家鄉相反。

家鄉那邊的馬來人、達雅人，以為華人開麵條廠、製陶廠、養燕或雜貨店比較有錢，實際上大部分華人家庭都窮。阿燕聽說二十多年來，他們村裡有不少姊姊遠嫁臺灣，只要看誰家翻修新房、換了整組家具，就曉得誰家有臺灣女婿。所以當初阿燕說要到臺灣工作賺錢，阿叔有些反對。他說就連嫁過去的女人都不見得過得好，去那邊工作仰般好？阿叔在工作的燕屋，一邊清理金絲燕的排泄物，嘴裡沒停著抱怨，古人教訓「窮人毋使多，兩升白米會唱歌」聽過沒，要知足。阿燕仰面看頭頂一窩窩建築中的燕巢，全都可以摘走換成鈔票，以前一年只夠採幾次，現在每月摘一次，每天有像阿叔這樣的員工掃地、不間斷播放金絲燕叫聲吸引更多燕子來築巢，在這恆常潮溼、高溫的屋內，陰陰暗暗，鼻腔滿是糞味。阿燕從小跟著阿叔出入燕屋，屋子愈蓋愈堅固，阿叔的背愈來愈駝，她想自己的未來不是在這溼暗屋內跟幾千隻燕子的公寓裡當管理員，也是在哪個工廠跟麵粉或黏土奮戰一世人。

後來阿燕放假習慣到永福路的全美戲院看二輪電影，花一百二十塊就可以把自己放在漆黑影廳裡大半天。有時看，有時睡，她讀閃現的中文字幕有點吃力，不過沒關係，在這裡她擁有難得的私密空間，陰涼而甜蜜。她帶了便當、裝滿茶水的保溫罐，穿上夾克，彷彿一個沒有匱乏的小世界。沒人注意她脫鞋赤腳蜷在座椅上。她偶或環手抱腿坐一會，閉眼假寐。多好。可惜外面的世界不是電影院。放映終了，再怎麼不清場，阿燕無法待著不出去。一開始她會在外頭走來走去繞圈圈，像是不甘心休假時間那麼浪費了，直到規定的晚上七點鐘才準時踏入家門。隨著習慣看護老太太的工作，她慢慢曉得怎麼調配時間。好比說，一週有三、四個早上，餵完老太太就出門買菜，她會在市場的年輕人咖啡推車邊，站著喝杯冰咖啡。最初去的時候，年輕人以為她是原住民，問說哪一族的，她回說，偓Hakka。見年輕人疑惑，她笑笑說，客家人啦，只不過是住在很遠的印尼。她也會到菜市場旁邊過道的小巷口那攤專賣粉圓、粉粿剉冰車，站著吃一碗。屬於她自己的小小祕密。買菜逛攤的過程多少會遇見來自東南亞的女孩們，她們對上眼神遠遠點頭示意，有時以生硬的國語打招呼，像是一個地下社團努力隱藏自身的存在。

老太太跟阿燕約好似的，在她三年約滿前半個月過世，相似的喪事流程再跑一次，唯一的差別可能是靈堂布條從白色換成紅色。孝親房變成阿燕的房間。在不怎麼悲傷的兩星期裡，她第一次有自己的房間(而且是有衛浴設備的套房)。她換躺在氣墊床上，伸手按鈕控制床頭床尾的上升或下降，從那個視角看向旁邊的摺疊床，床底下擺得滿滿的個人雜物。喪事辦完，雇主先生辦妥手續，交由仲介開車送她到高雄小港機場。

她的行李塞滿待在臺南三年的足跡，零星買的衣褲、飾品，幾本國語參考書，所有看二輪電影留下的票根，一些臺灣特產零食、沖泡飲品等等。將近一整天的路程，飛到雅加達轉機往坤甸，再從坤甸搭三個多小時的車，終於回到山口洋的阿叔家。阿叔準備了她愛吃的椰汁咖哩、客家油雞等大菜迎接，她一面吃著久違的家鄉味，卻一面對這樣的調味感到太油、太辣、太膩，有些不習慣。晚上睡覺時，翻來覆去有些失眠，明明期待回家那麼久，見到沿路的土丘、山田，發現原來過去是住在這樣的落後地區。阿燕內心像是有兩個投影畫面並列，兩種敘述聲音並行，文明與荒野，城市與鄉村，那裡與這裡。回來不到三個月，有天她走在村子裡的泥濘土路，要到附近的雜貨店買泡麵，回頭望見，這個村落就這麼一條通往外面的路，她還有哪裡可以去呢？她突然很想念那個待在那座黑暗戲院裡的自己，懷念起那種歪躺在座位上，睡睡醒醒的自由。她走在回家路上，心底期盼轉角就會看見臺灣街巷到處都有的便利商店。耳邊幾乎響起那個臺灣的客語歌手吟唱：「那Seven-Eleven恁久／裁佇我等庄頭轉角／斷暗過後金光程眼／像彩色介菇仔花里畢剝……」轉角只有一排鋪著鏽蝕的鐵皮浪板的低矮平房，磨舊的木板外牆，黯淡的靛青色牆面。路上來去車輛不多，每一輛都像是從先進國家淘汰轉口來到這裡的二手車。車輛板金似乎皆經過多年強光曝曬，褪色成鱗片狀，宛如演化成某種機械爬蟲類。

她阿叔帶她到燕屋做事，希望她學會打理這些工作，最好包括後端清洗一盞盞燕窩，拿著鑷子挑出窩裡蛋殼、燕毛，分類各級燕盞、燕條、燕碎、燕餅這些都能會，哪天自家建座燕屋，自產自銷。阿叔說，偓等在這位條件好，養燕當合適。單淨這兜，足有三千隻燕，年年產六十kilo以上，一kilo平均價格都有五百美金。偓聽別儕說，每年燕窩需求量有兩千噸，香港、臺灣、新加坡、中國都吃，你等好好學。阿燕每次仰望天花板上一格格成形中的燕窩，既讚嘆人類怎麼想得到採摘燕窩做補品，也想到其實這些摘下來的燕窩，他們這裡人是吃不起也吃不到的。村裡有些人家兼差養燕，就讓燕子在家中梁柱、屋簷築巢，沒法大量生產，一年摘窩幾回，給大廠收購，多少賺點補貼家用。她難以想像，若在臺南那待了三年的狹長老樓房養燕該怎麼維持環境整潔。

第二次前往臺南途中。阿燕明知阿叔的期望，卻覺得，老家實在待不下去，兩種生活相比，她沒想過自己偏向離鄉出國。阿叔生氣說，你這兜跟村裡那些細妹人共樣嫁到麼个楊梅較直別，去當佢等臺灣人，切莫回來。到五千公里外的別人家裡做看護不是多好的工作，只是她唯一想得到出外獨立生活的辦法。落地後，一樣的小港機場，不同仲介業務交接，她拎著簡便行李上了仲介的休旅車。

這趟再來，看護薪資已經調高到每月一萬七千元，也不用三年簽證期滿換約出境。新老闆先前請過一次印尼看護，彼此好溝通，路上就講定了每月發薪日（每月一號給現金）、工作內容（如果請她買菜煮飯會另給工錢和菜錢）和休假日（基本上見紅就放）。老闆娘見面就說，現在你們外勞漲價也不好找人啦，比較好的看護都到香港、日本去了，會來臺灣的都是印尼外島鄉下出身的。像我們上次請的那個，在自己床底下堆得亂七八糟，有次我還看到一包打開的餅乾就一直擺在那裡長螞蟻，很不衛生。我想妳之前來過嘛，應該比較知道我們臺灣人家裡比較注重環境吧。欸，妳說妳叫阿燕？國語說得很好耶，不錯不錯。

這戶人家三代同堂，除了阿婆中風臥床，其他人倒是滿健康，阿公天天出門到活動中心唱歌、跳舞或約鄰居到家裡打麻將。老闆、老闆娘分別在市政府、郵局上班。大兒子到臺中讀大學，小兒子在上國中。阿燕花了幾天摸清楚老闆夫妻的要求，建立好照護阿婆的日程表，加上是在熟悉的臺南市區，日子且隨著規律過下去了。像是今日早晨，餵完阿婆，洗淨灌食用具，趁不曬，挪阿婆到輪椅，推到附近小公園走走，正好阿公會在固定的樹下跟朋友聊天。其中一人說，彼日有個研究生來，講欲做調查，瞭解民眾對市政府這個政策上路的反應。我就佮伊講，有啦，稍寡有變啦，卡早攏是頭家對員工說袂爽莫做，今麼卡濟人會佮老闆說我袂爽做——開玩笑啦，哪有什麼大改變，還不是同款吃飯、喝水、放屎。恁去問那些領老人年金的老歲仔，生活有什麼改變，甘講拄拐仔就免掔、坐輪椅雄雄會站起對否？同款坐廟口喇龕屎、泡茶、打牌、行棋，要不去活動中心唱卡拉ＯＫ、跳舞。政府每個月乎你一條生活費，敢講就免做事？若想閒閒吃飽七逃，久來也是會無聊對否？

阿燕聽起來是在談最近新聞常報導的無條件基本收入議題。好像問題多多。她滑手機，努力看了些中文資訊，大致曉得這個政策是指全體市民，不分年紀，每人每月皆可無條件收到一筆現金匯款。聽說市長當初列在主要競選政見上，經過五年多的辯論，拖到市長第二任期，才終於在今年七月一日上路實施。阿燕聽那些老阿伯打嘴鼓，想著，要是她和阿叔每個月有這筆錢，就能早點存夠蓋燕屋的錢了。可惜他們不是這裡人。

雖說名義上她是看護工，幾個月下來，老闆夫妻常常加錢吩咐要她做的家務愈來愈多，後來商談變成每月另給三千元，包含看護、整理家務、料理三餐等等項目。老闆娘說我們每個月除了妳的薪水還要負擔有的沒的費用，算起來也要兩萬三千多，多給三千是極限了。阿燕反正是來賺錢的，不介意多賺點。她不免想，也許大家想趁著試辦基本收入的時候，能用就用。在這家裡，她總看到阿公找朋友到家裡打牌，常常在垃圾桶發現樂透彩券、刮刮樂碎片。她也知道小兒子的每月基本收入大部分都被媽媽收走，說要幫他存起來繳學費。老闆在市政府工作，聽到不少風聲，常常聽他跟老闆娘抱怨，市府財政困難，要開源也要節流，配合市長搞基本收入的「德政」，哪有這麼好的事？像地政局在安南區那個市地重劃和區段徵收，引進民間投資參與公共建設，要開發什麼碗糕「商業副都心」。本來借錢做這塊，成效不錯，眼看要有盈餘，日後還能收地價稅、增值稅和房屋稅，現在全部丟去填基本收入的無底洞啦。老闆說，市長掛保證任內一定落實，難保兩年後市長換人，政策跟著倒臺，我看我們要好好打算。這幾年來，市府團隊透過各種宣傳管道、丟出各式說帖，市長親上眾家媒體前闡述無條件基本收入的理念，「除了轉型正義、土地正義，我們應該也要關注世代正義、分配正義。這是我們為了臺灣的未來而做的偉大實驗，給臺灣一個機會，讓世界看見臺灣！」但實際上，三句不離臺灣的市長，沒有說服大多數持觀望態度的市民，最直接的批評則莫過於市長舉債「公然買票」這類控訴。

這些紛擾，在阿燕看來都是螢幕裡、報刊上、別人家的事，雖然她漸漸能聽懂大半了，總之與她無關。她照常在假日坐進二輪電影院（這幾年票價漲了二十塊），到百貨公司、孔廟、文學館、美術館走逛。有次，她方在影廳坐定，隨後來了個少年坐在鄰座，轉頭一看發現是雇主家的小男生。她想隨便吧，這裡毋須對號入座也不清場，不好說什麼。但小男生在身旁，總有些彆扭，難以專注在電影劇情上，反覆想著該抓什麼時間點離場。第一齣電影放完跑字幕，她沒讓座椅反彈撞出聲音，輕輕離席走到戲院門口，小男生又從後面跟上來。阿燕回頭問有什麼事嗎，小男生搖搖頭說沒事。他們這樣一前一後隔著五步距離，像對吵架賭氣的姊弟。

小男生要她一起轉進對面兩家銀行中間的小巷，裡頭旅館旁有間陳德聚堂。他們穿梭在方正的兩進回字形宅第，看看牆上的畫作。大堂寧謐，牌位靜站著，她看入口說明寫著約在一六六一到一六八三年間創建，或許她的客家祖公是在那個時候下南洋？選擇不同的落腳處，也指向了不同的命運。眼前難免使她想起家鄉的廟宇，想起元宵時節，全城街道填滿湧動人龍、神轎、刀轎、舞龍、舞獅的熱鬧遊行，上千名滿臉穿針和踏鋼刀的古裝乩童掃街，鞭炮亂炸，萬燈結綵，風中搖曳。她知道小男生有話想說。離開這座祠堂前，小男生終於在天井入口處的「宗德流芳」匾額下說了。後來他們到附近的義成水果店喝果汁，小男生豪氣地說，我有錢，我請妳喝。他們各喝了一杯葡萄牛奶。接著小男生拉她到政大書城看書。阿燕不確定這是不是她第一次走進書店，但可以肯定這是她第一次看到有那麼多書的書店。彷彿世界突然決定展示它最繁複的花色紋路，她有些暈眩，一口氣吃了太多東西那般窒悶，好一會才能緩緩逛起平臺上、書架裡的琳琅書刊。她遠遠看見小男生佇足在另一落書櫃區，低頭專注看著手上的書，發現他白白淨淨自有一股平和的氣質。回家路過真善美劇院，小男生說這裡會演很多全美不演的片喔，下次一起來。阿燕忍不住想，家鄉同年紀的華人小男生會有這樣輕鬆、自在的時刻嗎？她所知道的鄰居、同學，好多讀完小學就去工廠做工了，而且通常看家裡男人幹什麼營生就跟著幹什麼。他們跟那一窩窩不斷築巢、離巢的金絲燕相仿，差不多地循環，差不多地活著。

她摸摸阿婆尿布是乾的，順好薄被，掌貼阿婆額頭，體溫正常。伺候妥當，切換床頭小燈，靠在牆邊斜躺在摺疊床，戴著耳機聽一些臺灣才有的客語現代歌。腔調差異，有些單詞聽起來像是破洞，但整首聽下來多少猜得出大概意思。阿燕聽著像是廟會的高亢嗩吶、鑼鼓聲交織的前奏，逐漸開展一個以客語描述的世界，想到好萊塢電影《黑豹》，想到華人在印尼的處境。這世上會不會有個高科技國度，裡面都是講客家話的華人，大家都唱客語歌，不用擔心生命安全，好好過活？隨即想到，自己此時不就是待在一個華人國度、聽著這裡的客家人唱的歌（這裡甚至有電影都沒演過的無條件基本收入）？貧乏或富足，總還有別的事讓人煩心，讓人徬徨無措。好比說家裡那個小男生，說他想確定自己能不能喜歡女生，要她找時間幫他一下。至於能怎麼幫忙，她還不知道。

Y眼

胡淑雯

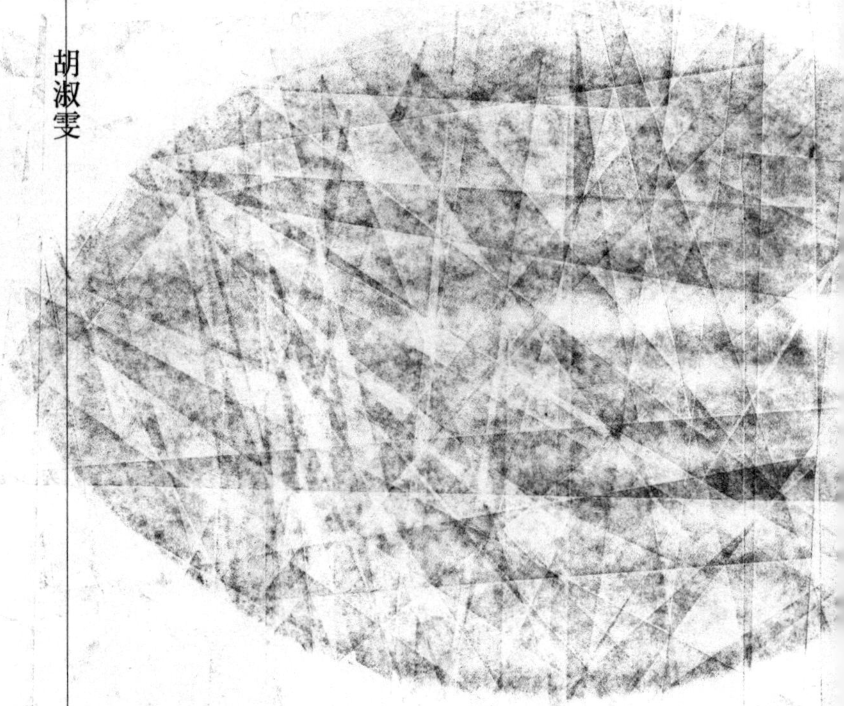

眼

~~L'abécédaire de la littérature~~

~~Y comme Yeux~~

我從來不知道，冬天是怎麼離開的，因為春天並不準時，花開並不準時，外婆的宿疾發作也不準時。所有活生生的事物都是不一定的，都帶著死。比較可靠的參考值是桃花。當桃花盛開，由死裡復生的前後，外婆會變得有點癲癲的，比較活潑愛漂亮，也愛說話，臉上的頰紅會淡淡擴張，瞳孔化作兩顆煤球，暗中蓄著一對囂囂的火，火光中搖曳著一份盼望，「我的男人要回來了……」當盼望生出憂患，外婆總要提醒自己，「我要去看醫生，把病治好，乾乾淨淨健健康康迎接你的外公。」當她的眼睛再放亮一些，表示她可能兩天沒睡了，眼珠的顏色再深一點，像炭烤過的黑糖，彷彿伸舌頭去舔，就能舔出白日夢來，這時候，我就知道，外婆要帶我出門遠行了。

雖說是遠行，不過是搭兩段公車，由松山出發，去到一個叫作萬華的地方，拜訪她的老醫生。然而這對一個九歲的小孩來說，真是夠遠也夠好玩了。我們會在看診前，先繞去華西街，在附近的三水街，廣州街，梧州街逛來逛去，一路吃東西，外婆會給我一筆對小孩來說大得像假鈔的零用金，讓我買東買西。那個老醫生，長大後回想起來，大概是個赤腳醫生，一款藥治百種病，樣樣都可以治，樣樣都治不好。他專治「治不好的病」，令那些「治不好的人」對他無比忠誠。也許他給的只是糖果，或某種裹著糖衣的澱粉錠，反正外婆的病說穿了只是心病。不，我不應該說「只是」，心病是最麻煩的，無藥可醫。這一點，媽媽是清楚的，也就任由我們去。

外婆經常感到疼痛，覺得自己的皮裡肉裡骨頭裡有病。那疼痛會流會竄，害她難以入睡。隨著春風而生的緊張與盼望，讓她的肌肉緊繃，不時冒出細細的汗珠，醃漬著她的體膚，讓痛的更痛，癢的更癢。於是她會在某個星期六下午，將我從午睡中搖醒，替我梳頭綁辮子，要我陪她去看病。外婆這儀式性的偏執，對我來說是一種福利，我會乖巧地穿上自己最喜歡的洋裝，以出門郊遊的心情，踏上外婆的旅程。那真真是獨獨屬於外婆一個人的，心靈的旅行，而我是她的保鏢。但受傷的人是走不遠的，我們下午兩點出發，晚上八點就會折返。出門前，媽媽會在我的洋裝口袋裡，塞一張紅紙條，在她前現代的心靈裡，這可以保佑我們免於髒東西的附隨。而所謂髒東西，你知道，就是孤魂野鬼的意思。

這一趟看病的旅程，並不是以直線前進的。一路上，我只要看上任何有趣的人，外婆都會給我時間，允許逗留，讓我看個夠。龍山寺外，以扒竊為業的聾啞人以手語交談，有女性，也有小孩，人人都知道要防著他們，卻沒有人會驅趕他們。乞丐張著大字腿坐在地上，一人一種病，上演腿疾小百科，爛腿大蒐奇。簽賭的人最奮進，解數學，破密碼，一個吸菸的男人伸手捕捉自己吐出的菸圈，食指與拇指環起來，一扣，再一彈，看那白色的氣體會幻化出什麼數字，圍觀者眾說紛紜，人人都想發財。我的視覺超載，不知該看什麼，味覺也超載，只要看上任何食物，伸手一指，外婆就會買給我。涼粉，愛玉，芋頭冰，熱麻糬，紅豆湯，烤魷魚，蚵仔煎我只吃甜麵醬，豆花我只挑湯裡最綿軟的那幾粒花生。外婆的季節性瘋癲，繽紛地，飽脹著無限的寵溺，毫無節制的浪費。那種不把錢當錢花的，氾濫的慷慨，於今回想起來，有一個冰冷而科學的名字，叫作症狀。詭譎，華麗，帶著一點點失序的痛快，像一個豐饒的市場，像這條混亂的街，賦予身為小孩的我，一種安和樂利，民胞物與的歡騰感。連掏耳朵專門店都有：巨大無比的招牌上，手繪了一隻巨大無比的耳朵，使得那耳朵彷彿有了生命化為怪物，即將要長出眼睛與四肢了。兼治跌打損傷的國術館，整面招牌就是一片巨型狗皮膏藥，上面寫著：人生。人生是一片膏藥，用不掉的時間，解不了的痛，走不盡的落日，猜不透的風塵，失常的外婆比較快樂。

平日的外婆雖然比較憂傷，卻從來不曾少寵過我一天。升上三年級以後，每天早晨，都是外婆負責叫我起床，為我準備早餐。經由我任性的指派，連吃了三個月的巧克力麵包配巧克力牛奶。麵包是早市裡買來的，長長的橢圓形，上面覆蓋了成片的黑色糖衣，罩袍似的，有時會融成黏黏的膏，有時會脫殼般掉下來，像一枚卸甲的巨大蟑螂模型。這荒唐的食物，將我養成一個瘦巴巴的小孩。然而這不要緊，在我們之間，在這個由老太婆與小女孩共築的，營養不良的天地裡，只有相互滿足，沒有求全責備。外婆從不說教，只會說我乖。就連我在公車上撿到錢，貪婪地據為己有，外婆依舊滿心歡喜，滿口讚嘆，「哎呦，小海，妳怎麼這麼厲害！」像外婆這種沒有是非的老人，說有多氣派，就有多氣派。

然而這一天，這一年一度的旅行，外婆的情況跟往年不太一樣，顯得比較緊張。她的體溫似乎比平常高了一些，汗也流得多了一些，脖子上那層粉色的痱子膏，剛轉了一趟車就脫落許多，動不動就檢查自己的身分證，說，警察好多。又說，如果碰到臨檢，千萬不要提起妳外公的名字。因為二月底一場舉國轟動的命案，令她感到害怕，直覺她的男人今年可能回不來了，卻又因為這樣，反而更加速猜想，也許今年，反而是今年，她的漫長等待會有回報。而我之所以知道這些小孩不該知道的事，純粹是因為，外婆會斷斷續續地向跟我傾訴。她是一個透明的人，生著凡事透明的病，為了要我替她守密，全盤托出心底的祕密。她的透明不是那種大片大片的落地窗，而是砸壞的碎玻璃，歧岔著歪斜的線條，必須小心對準，才能猜出她的意思。二月底那場命案，死了一個祖母，與一對七歲的雙胞胎女孩，外婆神祕兮兮地說，那兩個小孩死在地下室，嘴裡含著金色的橘子糖。

診所裡滿滿的女人，清一色只有女人，她們都是來看疼痛與過敏的。無名的疼痛由內向外翻出，攤展於表面，成為皮膚上的癬，疹，瘡，或不明的傷與瘀。有些地方剝落，凹陷，有些地方突起，贅生，就像記憶一樣，每一種發炎都說著自己的話，有的很簡明，有的很難懂，老醫生聽不懂的時候，就用猜的，猜一猜就開始勸世，說起道理來了。他桌上疊著小罐小罐的膏藥，每個人離開的時候都有一罐。門外的招牌顯示，這裡是看皮膚病的，瘦長的診間分成兩進，中間隔著一道屏風，我在抄小徑找廁所的時候，無意間闖入屏風另一邊，猝不及防目睹了，一個費解的畫面：有個女人躺在一個半床半椅的白色空間，打開雙腿，老醫生伸長脖子，額頭頂著小燈，探出手，在女人的胯間檢查著，好像在尋找什麼，放進了什麼，又好像掏弄著什麼。我的心抽動了一下，知道自己不可以發出聲音，這個診所的後門通向另一間診所，沒事最好不要去那裡。

我們離開診所的時候，正好趕上最後的日落。外婆在街口徘徊了幾下，找到擁擠的現實所能讓出的，最大的一片天空，在密集且高矮不一的垂直線中，找到最大的一條橫線。看天色幻化，看群鳥飛過。我穿越馬路跑去買冰棒，回頭時，隔著斑馬線與車流看見外婆，這才發現她看起來，遠遠看起來，原來是這種樣子啊。她在擦汗，嘴巴裡含著許多字，像是在祈禱，她每走半步就像蛻掉一寸皮膚似的，一片一片將自己換新，這讓她看起來像在扭動。我從來不曾這樣遙望，以陌生人的距離觀察過她。如此熟悉，下一秒卻咫尺天涯，感覺再看久一點，人潮一過，我就再也無法認出她了。

外婆站立與移動的姿態，令我感到有點難堪，紅綠燈一變，我竟分心穿過另一道斑馬線，跑到對角去了，在第一個巷口站定不動，感覺肩膀好像被什麼東西碰了一下，天降靈感似的，朝肩膀的方向望去，只見一條好長好深的巷子，裡頭站滿了人，都是女人。漆黑的巷子驟然甦醒，瞬間張大了眼睛，十幾二十道目光同時射向我，我也張大了眼睛，著魔般定住了，像一頭涉世未深的小狐狸，在迷路的叢林邊緣，與人類對峙。狐狸怕，人類也怕。巷子裡的女人個個待在自己的角落裡，各自管理自己的黑暗，卻不能離光亮太遠。那些臉有的發青，有的慘白，有的籠罩著飽滿的紅暈，端看她是站在路燈底下，日光燈下，還是燈籠旁邊。每一張臉都浮腫著至少兩種表情，一種表情浮在強烈濁重的彩妝之上，汪著膩膩的油光，另一種表情塌陷在眼眶裡，遁入深不可測的過去，對未來嗤之以鼻。眉毛一律是狠狠的青灰色，紋過的，帶著自暴自棄，冷漠粗糙的不經心。鼻子的形狀是改過的，但多數並不成功，一眼就看得出來。臉頰不該隆起的地方，有失敗的隆起，也有相應的陷落。顴骨上氾濫著假睫毛的陰影，眼一眨，那陰影就搧過我繃緊的四肢。我不敢動，因為我想看。假如我想留下來，唯一的辦法是，讓人以為我正在離開。

這條巷子是不見底的，眼前的一切表情與身姿，凝結在暗中等待，無風搖曳，無聲招喚。幽靈般的幻影，十幾個後面還有十幾個，再十幾個……巷尾的後面另有巷口，筆直中帶著蜿蜒，串成一個地下社會。一個縱向的，水平的，無底深淵。我在這巷口待了至多半分鐘，感覺像是被她們擄獲在一個灌滿了水的透明空間，就算張開嘴巴，也無法交談。突然，一個女人動了起來了，那幽靈般的人偶。她往前跨兩步，似笑非笑，以下巴看著我，然後指指我手中的冰棒，演默劇似的撕開包裝。我把冰棒向前一推，意思是，給妳。她搖搖手，將冰棒隔空推回來，提醒我，快吃吧，再等就要融化了。而外婆也找到了我，自身後拍拍我的肩，拉拉我的手，示意我該離開了，否則實在不太禮貌。外婆彎身在我的耳邊細語：不要打擾她們，她們不喜歡這樣。

回程的公車即將客滿，只剩分開的兩個座位。外婆要了司機身後的那個空位，留我獨自走向車尾，跟一個陌生男子同座。那個男人有著一頭興高采烈的卷髮。涼爽的春天，晚風習習。男子摸摸我的臉，說妹妹真可愛，妹妹妳幾歲，妹妹要去哪裡呀？一切都很正常，大人逗小孩一定會有的，無聊的舉止。那是一個允許大人隨意觸摸小孩面頰以示親切的時代，也是一個特務會殺小孩的時代。車行兩站之後，男人開始摸我的手。往下一站，摸我的脖子。再往下一站，滑上我的裙擺。我考慮了一下，決定站起來，遠遠向前喊道：「阿嬤，我要跟妳在一起。」不等任何人回答，迅速起身走向車頭，回到外婆身邊。

我沒有告訴外婆，後面那陌生男子對我做了什麼，我只是靜靜佇立在外婆身邊，無語地，任窗外的景觀無聲流過。外婆的身體已經壞了很久，那些在她體內流竄不止奔來跑去時而停駐淤積的各種神祕疼痛，恐怕是不會痊癒了。不知為什麼，這讓我想起巷子裡那些女人，那無盡的女人，以及，彷彿命運般無盡的東西。突然我對外婆說，「那些女人為什麼長得那麼難看？」「是嗎？」外婆問我，「妳說的是哪些女人？診所裡的女人嗎？」我說是。「命不好的女人，怎麼可能過了年紀還漂亮呢？」外婆這樣說。我沉默著，眼看那個偷摸我的男人準備要下車了。而我之所以決定不提男人對我做的事，並不是出於恐懼或羞恥。事情正相反。我之所以能夠當機立斷，起身離開原本的座席，恰恰因為我不怕他。九歲的我之所以擁有那樣的力量，那說穿了不過是極其微小的力量，正是因為我不以為恥，於是也不恐懼他的行為對我的汙染。而外婆是如此虛弱，哀傷，實在不必再添上我的這一份。我心疼她，所以我沉默，這是一個孫女對外婆的愛，兒童對成人的愛。當一個小孩愛著一個大人，就會敏感於成人的脆弱。

這一路，她的話有點太多了，我知道自己必須保護她。我想，九歲的我應該有能力，陪伴五十六歲的她，保護她的反常，讓她的反常遠離正常的嘲笑。我綁著整潔的辮子，穿著漂亮的洋裝，踏著白色的皮鞋，天底下再也沒有比這更溫暖無邪的形象了。年幼是我的武器，性別也是我的武器，小女孩是最純潔可愛的，人畜無傷。我可以用我的正常保護她。

我會一路掛著微笑，即使我原本並沒有那麼愛笑，也不懂哪來那麼多值得笑臉以對的事，但外婆怪裡怪氣的模樣，需要由我的可愛我的純真我的無辜來平衡。當她冒出奇怪的句子，我會微笑附和她，像是在跟她玩，或者，像是她在逗我玩。當她在公車裡，在換車的站牌邊，忍不住一直拍手，或自言自語的時候，我就假裝她是在跟我講話。以我的正常，掩護她的反常。這樣，我們就會一路平安到底，到夜深人靜，不會有陌生人來戲弄，也不會有警察來找麻煩。外公是不會回來的，清明剛過，媽媽才剛帶我去掃過墓的，雖然外公名義上只是失蹤，而我們從不確定，他的忌日倒底是哪一天。

我記得，在回程的第二段公車上，有個嬰兒在一陣顛動間冒出哭聲，那哭聲驚動了外婆，令她的臉上浮出異樣的，清醒的表情。我看著外婆彷彿乍醒的眼神，由半夢流向夢域之外，感覺她的生命順著車窗灌入的風，一路流向沒有星星的夜空，我們吃得好飽，外婆拿了讓她很安心的藥。她輕輕撫著我的背，問我累不累，我聞著她身上殘餘的，痱子膏的氣味，覺得尋常而親切。外婆不睏，她的疲倦被擺脫不掉的緊張與焦慮洗掉了，對著窗外輕輕唱歌，偶爾說著重複而費解的話。夜色湛藍，公車離開鬧區，穿過鐵軌，外婆眼中那對神祕的暗火忽明忽滅。當星星遠離了光害倏忽亮起，轉眼間，外婆變得陌生而遙遠，像一幅古畫裡的抽象風暴，模糊地對焦，沉澱為一片沉靜哀傷的田野，在停頓的時光中無盡燃燒。

Y

眼

陳雪

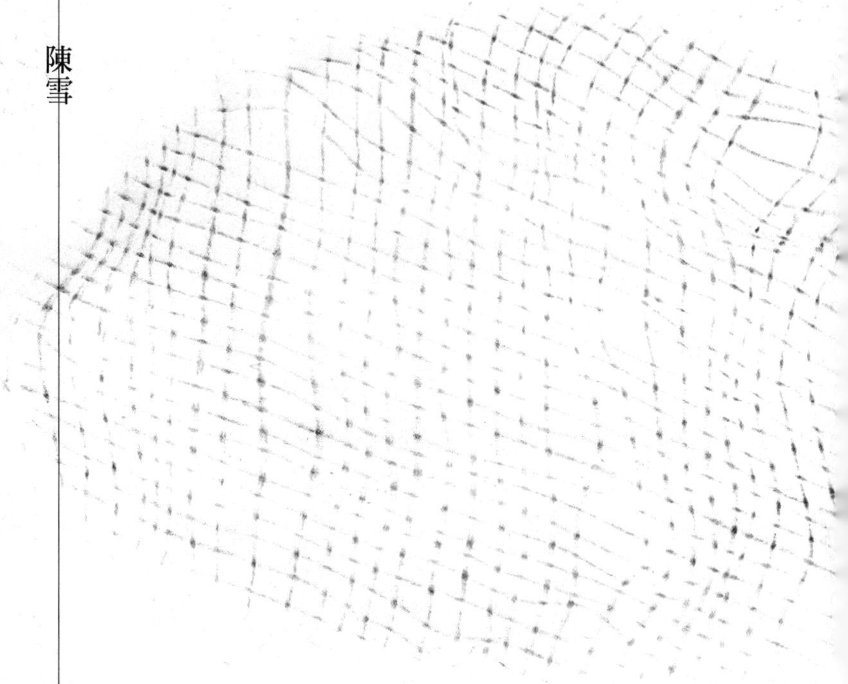

眼

~~L'abécédaire de la littérature~~
~~Y comme Yeux~~

假日的書店裡人潮擁擠，新書簽售會之後有人來獻花，來者五六名，是林美心的小學同學。他們彼此親切問候，合影，交換臉書，相互加line，宛如一場小型同學會。

三十年後再聚首。那個人沒有來。

大家看來狀況都不錯，不顯老，幾乎都結婚了，小學同學是一種奇怪的概念，那是人一生中最早的群體生活(有些人則從幼稚園開始)，進入一團體、與他人建立各種關係，並逐步瞭解所謂的制度、規章，甚至遊戲規則之類的事物，林美心想起許多往事，是啊，那形成人生重要基石的六年，亦是她人生天翻地覆的時期。

回臺北的高鐵上，她斷續想起校園裡的模樣，後來因懷舊因素回去過，那是二十多歲戀愛時，帶著男友校園散步，她最喜愛的幾棟校舍全消失了，記憶中如樹海般令人惶惑迷失的「樹林」原來也不過只是一些零散的樹木，曾經在石頭上寫生、參加畫圖比賽的「荷花池」也只是個小得像水坑一樣的東西，她幾乎是落荒而逃地離開那個學校，所有美麗的景物都變質了，只有學校裡最古老的那棵鳳凰木還在原處，張開所有枝葉如托天之姿，撐起她童年記憶最美的部分。

小學四年級，班上來了轉學生，林光奇，瘦子阿奇，剛轉來時真是一臉瘦皮猴的樣子，又瘦又黑，非常不起眼，林美心那年是副班長，老師要阿奇坐她旁邊，「要多幫忙新同學。」她給阿奇講解學校設施，值日生排法，之後每堂課結束都會問問他「有什麼需要幫忙？」這個阿奇也真的就來問數學，一開口就沒停，是凡事都會問得很徹底的個性。跟林美心一樣好強。

當時回家要走十五分鐘路程，都是排著隊伍、沿著回家路線按順序排成隊形，阿奇排在隊伍前段、林美心在隊伍中後段，是走不在一起的，但有一日阿奇跑來她身旁與她閒談，突然問她：「要不要去我家玩？」阿奇指著左前方的廠房，美心獃了一會，這座有著高高圍牆、長之又長的工廠，在小孩心中是村莊裡最神祕的地方，位於他們每日上學必經之途，圍牆裡栽著高高的松樹，孩子們只能看見圍牆露出的松樹尖梢，以及樹後更高的灰色廠房，他們從來不知道這裡面在生產、運作著什麼，與村莊另一頭接連不斷的成衣廠不同，這座廠房發出劇烈的轟鳴聲，每日早晚可以看見穿著灰色制服的工人出沒，但孩子們從沒機會進去。

「這裡是你家？」美心問阿奇。阿奇點點頭。真不像是這座神祕廠房裡會出現的人啊，她安靜隨著阿奇繼續沿著圍牆走，走到廠房末端最低矮之處，那是間像倉庫的地方，阿奇打開門，暗暗的低矮空間敞開，是一間鐵皮屋。

美心總算弄懂了，阿奇的父親是這家工廠新來的警衛，他們一家三口，就住在廠房加蓋的倉庫裡。美心隨著阿奇入屋，四、五坪大的鐵皮屋沒有隔間，僅以家具區隔，屋內有幾盞日光燈點亮，還是顯得黯淡，阿奇帶她到處參觀，他說這邊是臥室，一張木板大通鋪，兩個黑色木頭櫃子，可以儲放衣物、也當隔間，這裡一個櫃子，那裡一張桌子，小小空間布置得挺有巧妙，最顯眼的是一張大圓桌，幾張板凳散放，看來是吃飯的地方。參觀完客廳臥室，阿奇帶她到牆邊一處，放置著兩張書桌，「這裡是書房，」阿奇煞有其事地說。其中一張桌子特別顯眼，桌面上整齊擺著書，文具，桌前的牆上，張貼許多簡報與標語，真的是標語，白色紙張上用各色奇異筆寫著：「自強不息」、「流淚撒種必歡呼收割」、「君子慎獨」這些奇怪的字句，除了在學校以外美心還不曾見過這種標語。阿奇放下書包，就要美心幫他複習數學，美心仍在種種驚嚇中不能鎮定，卻還是佯裝平靜幫他複習了今天的習題。天色一點點暗下，那屋子裡有一股說不出的荒涼，阿奇突然抬起他手上的手錶，搖晃了幾下，又拿下來調整時間，「這是我媽媽送給我的手錶，要搖一搖，才不會停掉。」那是一隻看來很普通的白鐵色石英錶，像是大人用的錶，「我跟妳一樣，都是沒媽媽的孩子。」阿奇突然這麼說，美心嚇了一跳，「我有媽媽，」她急忙回道，「她只是到外地去工作了。」「我也有媽媽，只是生病死了。」阿奇賭氣似地說，美心生氣不說話了。阿奇這才溫柔安撫她：「我的意思是說，我們身邊都沒有媽媽照顧，更要自己照顧自己。」美心彷彿被發現了什麼祕密似地，心裡揪了一下，阿奇抓起她的袖子，說：「外套這麼髒，就不可以。我姊姊天天幫我們洗衣服。妳也要好好照顧弟弟妹妹。」

不一會，看似姊姊的高個子女孩從屋外走進來，手上端著兩盤菜，原來是在屋後的廚房做晚餐，這時阿奇的爸爸也走進屋了，看起來很像阿公一樣老的人，竟是阿奇的爸爸，這一家人的組合讓林美心感到莫名心痛，以及一種難言的親密。她頓時放下心來，靜靜地喝著家人給她倒的冰水。他們家人都很客氣，要留美心下來吃晚餐，美心想起該回家煮飯啦，抓著書包說聲再見就跑了。

急匆匆的回家路上，她的心裡有著什麼在甦醒，「我們都是沒媽媽的孩子」

這句話若是別人說出口，林美心早跟他打架了，但阿奇不一樣。是什麼地方不一樣，或者一樣呢，林美心說不上來，那晚她沒有把晚餐燒焦，還動手洗了很多髒衣服。

夜裡，弟弟妹妹都睡了，她環視充作客廳與臥室的二樓房間，精美的酒櫥、電視櫃，還遺留一點點像是過去家庭和樂的痕跡，但每個地方都堆滿衣服、玩具、書本，散落一地的物品，讓家具毫無功用，在在顯示這是一個功能荒敗的家。她想起阿奇他們那個像倉庫，卻非常整潔的屋子，相較於自己家裡，所有曾經象徵著美好家庭的一切，家具、酒櫃、音響、水晶燈，比起阿奇的鐵皮屋，美心的家更顯出他們確實是沒有媽媽的孩子，滿屋妻離子散的悲涼。母親已經離家半年多，父親一直在外頭工作，自己是個不稱職的姊姊，兩個弟妹簡直像小動物般生存著。

隔天他們又在學校相遇，一起上學放學，放學途中阿奇說：「今天換我去妳家玩。」語氣裡只是通知，沒有商量的意思。美心不得已只好讓阿奇去了她家。

當他們倆站在那一座小小的三層樓屋子前，美心猶豫地打開了原本是後門的門，自從母親離家後，他們不再使用原本的大門，改由後門走，這樣可以走小路，避開老是欺負他們的鄰居。

一進屋，後門接連廚房，流理臺裡還堆放著昨天未洗的碗盤，阿奇二話不說，立刻拿起菜瓜布開始洗碗，一面用著他慣用愛說教的語氣說著：「碗盤用過一定要立刻洗乾淨懂嗎？這樣才衛生。」阿奇像個管家似的，洗碗盤，幫她整理廚房，一路叨叨念念，還打開冰箱檢查，真像個囉嗦的媽媽。

廚房旁邊是琴房，一臺山葉鋼琴顯眼地聳立，琴房也是美心的房間，但母親離家後她都在二樓跟弟弟妹妹睡在一起。

「妳會彈鋼琴？」阿奇驚訝地說，彈一首來聽聽。

美心乖巧拉開琴椅，悠緩地彈了一曲小步舞曲。給愛麗絲。

阿奇怔怔看著她，彷彿不知該說些什麼，於是又擠出幾句勵志的話：「好好學習，妳彈得很好。」

那天後來發生什麼事，美心有些記不得了，彈完鋼琴，弟弟妹妹從樓上下來，阿奇陪著他們做了簡單的晚餐，四個人在混亂的客廳裡吃飯，有很長時間阿奇都在教她怎麼整理屋子，但那房子的混亂似乎也擊倒了這個有條理的少年，他們四人最後像是放棄了，癱坐在地毯上，美心打開音響、唱機，播放著唱片來聽。

直到三張唱片都播完了，阿奇才離開。

爾後的日子，阿奇時常到她家來玩，升上五年級、六年級，阿奇的功課已經變好了，不再需要美心幫他補習，阿奇一年一年長高，六年級的運動會上，他得了兩百公尺銀牌，跳遠金牌。阿奇把跳遠的獎牌送給美心，鄭重對她說：「妳以後也要把獎牌送給我。」彷彿那是一句承諾。

那個獎牌幫助林美心度過往後痛苦的青春時光。他們倆就這麼一來一往，既尋常又不尋常地出入彼此的生活，後來大多是阿奇來到林美心家，傍晚時阿奇與鄰居的男孩玩在一起，擲陀螺、打橡皮筋、鬥紙牌，林美心抱著書本在一旁看著，遊戲結束，阿奇會到林美心家聽她彈一兩首曲子，衛生股長似地巡視她家廚房、客廳有否整理，然後安心地騎上單車回家。直到畢業那個夏天。

夏天一開始，父親便帶著他們三個孩子到處去做買賣了，趕集似地出入在各個市場，吆喝著貨車裡那些瓶瓶罐罐，父親不知哪裡批來的貨物，餅乾糖果沐浴乳洗髮精維他命，鋪在塑膠墊上一整片，堆疊成山，以幾乎市價三分之一的價格出售，林美心看著那些婆婆媽媽叔叔伯伯拚了命搶購，感覺生命的流逝竟在彈指間，那些日子，阿奇不知道有沒有來找她玩，她請鄰居的男孩轉告阿奇，暑假她得陪父親到處去擺攤，得空時她會去工廠找他。

忙碌的擺攤生活直到父親找到工作為止，八月中旬，林美心也幾乎要去上國中了，阿奇一直沒有出現，林美心到工廠去找人，才知道他們一家子一個月前已經搬走了，聽新任的工友伯伯說，他們搬到臺中去了。

她又氣又惱又懊悔，氣惱的是阿奇搬家竟然沒告訴她，懊悔的是自己也沒有親自告訴他為什麼一長段時間都不在家，彷彿被命運刻意拆散了似的，就這樣失去音訊，林美心沒有任何辦法去尋找他。升上國中，當然學校裡也沒有阿奇的身影，以前班上的同學，跟她一樣成績好又會彈琴的都去讀私校音樂班了，畢業前班導師跑來跟她協調，「依照成績的話妳應該是議長獎，但妳也知道王芬芬她要去讀音樂班，需要這個獎，妳們成績也不過差幾分而已，好同學嘛，要互相幫助，妳拿這個獎也沒什麼意義，妳們家也不可能讓妳去讀私立學校，老師再送妳一枝鋼筆，議長獎也就是鋼筆而已，妳跟王芬芬換，我們拿校長獎就好，可以嗎？」林美心沒點頭沒搖頭，木然地轉身離開了。

議長獎或校長獎於她真的沒有差別，父親母親都沒有參加她的畢業典禮，最痛苦的不是被協調換獎狀，而是阿奇不見了。她果真去念了那個升學率極低的鄉下國中，她每天等公車時都會看見學校裡一年只出一兩位穿著綠制服的學姊，她一門心思只想考上女中，她知道她做得到，她在日復一日的讀書、做飯、掃地、考試裡，依靠著對於男孩阿奇的一種奇怪思念裡，幾乎熬過了國中三年，在畢業前夕，從好友那兒，得到了阿奇轉來的一封信。

在聯考前，他們倆就這樣一來一往地寫信，阿奇說當初是父親臨時調職所以倉促搬家，後來一直住在臺中市區，「我現在已經長到一七五公分了，妳呢？我每次考試都是前三名，我一定會考上臺中一中。等妳考上女中的時候，我們再來見面。」

喜歡說教的個性依然沒變，林美心三年來只長了五公分而已，這麼一來一五五的她跟一七五的阿奇就有了二十公分的差距，聯考前一天，阿奇打了電話來，正值變音期的他，聲音嘶啞彷彿唐老鴨，一七五的唐老鴨，完全沒法跟跳高跳遠瘦皮猴阿奇聯想在一起，但一邊講著電話的她一邊摀著臉笑，她對阿奇說：我媽媽回家了。

阿奇的媽媽當然不會再回家，但阿奇還是為她高興，直說：「有媽媽照顧真好。妳一定要好好讀書，我才要跟妳見面。」那時林美心更有了考上女中的決心。

各自都上了第一志願之後，他們相約在一中的園遊會上見面，那時林美心已經不太清楚自己對阿奇是什麼心情了，好像只是一個當初未實現的心願，想像多過於真實，見面時，林美心跟班上幾個好朋友一起，阿奇跟一中的幾個男生一道，兩邊像隔著護城河，遠遠地相望，阿奇實在太高了，那種必須仰頭才看得見高度，那張長了青春痘寬大黝黑的臉，沒有一處跟她記憶裡相似，更重要的是，她是從那些男生的眼光中感覺自己不漂亮，至少她是四個女生裡最矮小不起眼的一個，對峙一陣後，無可奈何地一男一女湊成對，她跟阿奇走一起，一攤一攤逛過去，沒有想像中重逢的喜悅，只有一種青春期的彆扭與茫然，他們什麼關係也不是，將來好像也沒有任何可能。

尷尬的一天結束後，阿奇依然與她斷續通信，有一日她收到阿奇來信，第一行都是看不懂的字，第二句寫著，「我開始學日文了，妳有沒有學呢？」那句形狀怪異、看不懂的句子裡，有兩個看得懂的字，「勉強」。

妳知道嗎當初就是某某某勉強我寫信給妳。

這些年來我一直都覺得很勉強。

妳不要再回信給我了我覺得很勉強。

不管是見面還是寫信都很勉強。

妳長得很勉強。我看得很勉強。大家都說很勉強。

關於勉強的造句如排山倒海地湧現，每一句都刺傷著林美心，像是小學時班導師要她換獎狀，像是母親不在家那些年，每次到街上去買東西，商店裡的婆婆媽媽對她的指指點點，以及阿奇搬家後消失無蹤，但卻寫信給班上另一個與林美心同一天生日的女生，就是那個女生後來請阿奇寫信給她的。那個女生與她同年同月同日生，卻比她高、比較漂亮，而且很開朗，一點都不像林美心有著陰鬱的心事與彆扭的性格。

那個看不懂的句子裡埋藏著林美心這些年來難以對他人細訴的祕密，自己是不夠美好，不值得快樂的人，在失去聯繫的那三年裡，阿奇原本是她人生的支柱，她認定這世間唯有這個男孩懂得她的痛苦，也認定自己將要把一生都奉獻給這個不知身在何處的男生，但一切都搞砸了，她剩下的唯有勉強二字，漫長的單戀結束，他們共享的祕密、共同承擔的痛苦，給予彼此的勇氣，都隨著那個看不懂的句子結束了，林美心不敢去問去查去探看那個句子到底是什麼意思，唯恐那其中隱含著她沒有料想到的恥辱。

她一封一封撕去阿奇的來信，他寄來的書本，以及自己為他寫的日記，將那些撕碎的紙片，投進外頭拜拜用正在燃燒的金紙桶裡，媽媽知道她在燒信，也知道她跟阿奇寫信的事，從她的決絕的眼神裡，似乎也知道了些許她的悲傷。那時媽媽剛搬回家不到一年，偶而與她爭吵中，還會說起：「妳是不是看不起媽媽。」這種奇怪的話，到那時她好像才懂了母親的疑慮，她把書信燒完，在棉被裡哭了一場。吃晚餐的時候她第一次喊了「媽媽」，那個聲音聽起來竟然就像阿奇那樣，沙沙啞啞的。她的初戀就這樣結束了。

高中還沒畢業時，她無意間知道了阿奇當時寫的日文「勉強」的意思，啞然失笑，那確實就是阿奇會做的事啊，要她努力，要她用功，所有存在於她與阿奇之間的，一直是個勵志的故事，是勉強，卻不是那樣的勉強。

但知道了這個勉強不是那個勉強，一切又能改變什麼呢？總歸自己當時是個勉強自己的孩子啊，在漫長的人生裡，她一直在這樣的勉強與那樣的勉強之間生存著，其間的差異並不太大，但多年後她仍記得自己在金紙桶火堆前那種悲傷、憂愁，以及想要將自己投身於其間，渴望著大火焚燒，讓自己粉身碎骨的感覺。

以及永遠忘不了的，當初阿奇挽起袖子在骯髒的流理臺前洗碗的模樣。手上的菜瓜布堆疊起泡沫，他轉過頭對她微笑，大咧咧的嘴裡，白白的牙齒，黑白分明的眼睛裡，純粹的善意。

到現在她都還記得。

Y
眼

駱以軍

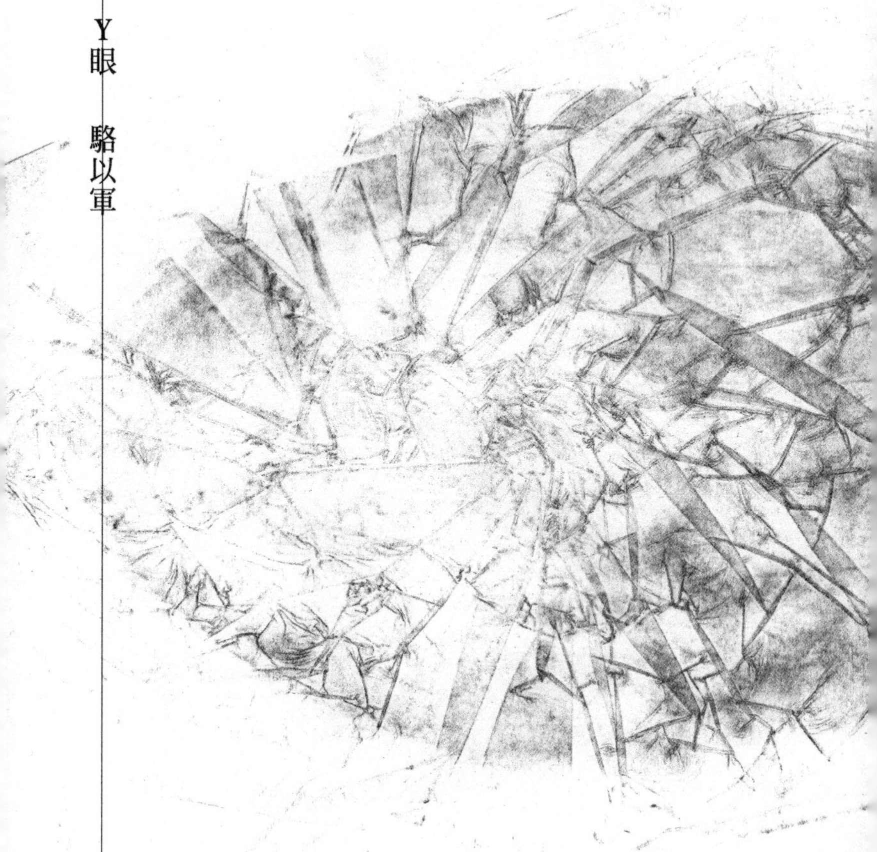

眼

~~*L'abécédaire de la littérature*~~
~~*Y comme Yeux*~~

有一次，大家在聚會的時候，阿梵和施伯吵了起來，說來他們吵的內容非常幼稚，就是誰比誰更厲害、更屌？說來他們兩個是我們這資優班裡智商最高的兩位，阿梵得過國際奧林匹克數學、物理競賽的雙料冠軍；施伯呢？個性比較陰沉，據說他老爸有黑道的背景，但這樣看去一臉流氓相的傢伙，有幾次在全校模擬考大排行，狙擊地考出第一名，將阿梵拽到第二。據說他會拉丁文、梵文、巴利文，這些無人可驗證他是真會還是唬爛的語文。

他倆爭起「誰最屌」，這讓一旁的我們，臉上都浮晃著不知如何是好的傻笑。但阿梵究竟是長得比較帥的那個（班上的女生，全部暗戀阿梵，沒有聽說誰暗戀施伯），他在施伯說了一通大論證後，模仿施伯的口吃：「……這這這這……這只只……只能證證證證……明……」

大家都笑了。那是種友善的笑。好了啦，你們兩個，神在捏造你們兩個時，是帶著愛意親吻過了的，你們兩個還要爭，那叫我們這些平庸者怎麼活呢？誰知道阿梵的這個嘲弄激怒了施伯。他轉身衝回自己課桌，翻起掛在桌沿的書包，這段時間出奇的冗長，使我們失去了某種戲劇性的延伸，很像之前的爭吵已經結束了，施伯翻著他書包的動作，只是孤立的，沒有人在意的，他在無意義翻著書包，我們繼續三、四人一圈的說說笑笑。

但這時，施伯從書包中抽出一柄尺刀，穿越人群，走向阿梵，在所有人來不及將手遮住張大的嘴之前，揮刀將阿梵那英俊的頭顱斬下。

「啊——」

有幾個女生尖叫起來，但我對那個恐怖災難時刻的記憶，是所有人像土壤裡的蠕蟲在啃食泥土，那種沙沙沙的低鳴。阿梵——應該說頭在不留神間被砍掉的那個阿梵的沒有頭的身軀，搖晃了一下，從那齊齊切開的頸洞裡，並未噴出洶湧鮮血，而是，有一瞬間我以為我眼花，只有不到一秒的時間，他變成一身天鵝，光霧幻射，充滿不耐煩的慵懶，張開翅翼。然後下一秒，我們所有人看見，阿梵的頸腔，長出四個和原本那個頭一般的英俊的頭。

這是魔術嗎？是他們倆串通好的橋段嗎？

但這時教室的桌椅翻倒，有個女孩磕磕絆絆，衝過來——她叫阿碧，是個個頭矮小、不起眼的女孩，當然她也是阿梵的暗戀隊伍中的一員，但真的沒有人注意過她，說不上醜，也絕對不美的，這樣一個背影，群眾演員那樣的人物——她躍起在半空中，朝著施伯扔去一副鐵鈸，那鐵鈸一左一右蓋住施伯的兩耳，然後她撒出兩片花瓣，也是一左一右遮住施伯的眼睛，這時，施伯的額頭，睜開了第三隻眼，那隻眼噴出熊熊火焰。這時我們都顫慄了。這隻獨眼噴出的火焰，是滅絕之火，可以將地球上全部的海洋瞬間蒸乾。施伯瘋了嗎？為什麼硬生生無中生有的眼珠，怨毒憤恨至此？他要把我們全部人都化為灰燼嗎？

但阿碧，那個不起眼的小個女孩，繼續從身上掏出第三個法寶：一根金剛杵（說實話若非她意外地是我們所有人的拯救者，第一時間我看到一個穿高中制服的女生，從兜裡掏出那麼根東西，很難不想歪而面紅耳赤啊），朝著施伯那夾著黑煙烈焰的額頭之眼擲去。那根電動棒，不、金剛杵，就停在施伯的獨眼前一公分處，不動了。

我回家告訴爸媽，那天在學校發生的事，他們全置若罔聞，似乎我又一次搞混了漫畫和課室裡的人際關係。我有時走在往學校的路上，那些等著過斑馬線，臉孔灰撲撲的和我穿同樣制服的學生，我突然會想那樣大喊：「喂！阿碧救了宇宙的毀滅啊！」

但從那天起，施伯的那隻額頭上的眼睛，始終停著那根像手機sim卡大小的金剛杵。我們如常的上課、考試，下課大家哈啦、追逐，但施伯的第三隻眼，就麼被阿碧的法寶，像一隻快速揮翅的蜂鳥，停頓釘住在虹膜前一公分處，我在人群中搜尋阿碧，她還是那麼纖弱，那麼不起眼。誰知道，也許她拱起的肩頭，乃至胸部發育不良，制服下沒有引人遐想的隆起，是因為她必須無時無刻運力控制那只像地心熔漿火紅翻滾的，眼中的憤怒和毀滅。

只有我一直關注著施伯的那只眼，因為我就坐在他的旁邊。他自那次砍掉了阿梵的其中一顆頭顱，又被莫名其妙冒出的「不特殊女孩」阿碧給封印了，自然變得鬱鬱寡歡，像臉上冒滿膿頭青春痘的自卑高中生，總是在打瞌睡。

你或許會問我：那阿梵呢？他那被砍掉了一顆頭之後，又從腔子裡冒出四顆頭之後的怪異模樣，如何在班上仍如魚得水，保持男偶像的地位？沒有人覺得教室裡有個「四頭人」是很可怕的事嗎？

但我想說明：那天的大亂鬥之後，世界其實像銀箔紙，只存在於施伯的那隻眼和阿碧的金剛杵之間，也就是說，照好萊塢電影的演法，「世界已經毀滅了」，阿碧以鑼鈸封住毀滅之神的雙耳，只是一種諾亞方舟式的，外太空孤伶伶一艘太空船的蒙蔽脫逃，事實上沒有東西脫逃了，阿碧只是藏了一小段螢幕跳閃的，「神打了個呵欠」，藏在毀滅之眼所照看的死角。那就像，那就像曾經有個小說家寫過的一個短篇：一群小孩在玩捉迷藏的遊戲，阿碧讓整個教室的我們（包括頸部如海葵正冒出還沒撐飽成圓形之頭顱的阿梵），全躲在那個當鬼的施伯所看不到的，拐角的拐角。

至於阿梵，被砍掉了一顆頭而又冒出四顆頭的神祇，必然是不完整的神祇，原有兩隻手無法幫四顆頭摳鼻屎，那樣的配置缺陷。事實上，我知道阿梵在頭顱被砍掉之瞬，早就驚嚇翻滾，狼狽翻逃到天鵝座；距離太陽六千零七十光年，有一雙星系統，那裡有個黑洞及其超巨星變星的孿生兄弟，這裡在遠古時候就傳說是個渡口，專門搭載欲往天河的旅者。阿梵彈飛到那麼遠，全身汗溼，驚魂未定，確定在這荒蕪的星際墳場，才算逃離施伯的滅絕大爆炸，阿梵新冒出的那四顆頭，就像蔫頹的曇花啊，笑臉、哭臉、恐懼的臉，做為神應該哀憫的臉，全脫水啦。那時的阿梵，根本忘記那奮勇跳出，拯救他的，那個不起眼的女孩。更別說那還被停頓在施伯毀滅之眼，那麼貼近一公分處，這個銀箔世界。

好吧，我要說說阿碧的故事。有一次，我在學校的焚化爐通往工藝教室的走廊，看見阿碧孤伶伶地走著，我追上去，喊她：「阿碧。」

她似乎嚇了一跳，轉過臉，她的眼珠子是銀白色的，彷彿眼瞳被人用鑷子夾走了。我要怎麼描述這樣一個女子的臉。就像是，二十世紀初中國現代史，曾經描述過某種女子，被出遠門老公拋棄，他們跑去大城市自由戀愛，甚至和全身是花柳病的煙花女子混在弄堂書寓裡一起抽大煙，或是跑去革命糊里糊塗被自己點燃延遲爆炸跑回去看卻爆了的爛火藥炸死，那些廢男留在家鄉的，被鄰里瞧不起，沒有性生活，卻要侍候公婆和妯娌的不幸女人的臉。但阿碧，我多想告訴她，那次之後，我就愛上她了。事實上，那個像把眼睛貼在手機屏幕的施伯，有次咕噥了一句：「阿碧就是我的白內障。」我懷疑連這個邪氣的天才，也愛上阿碧了。這是一個奇怪的觀看，很像是，哈伯望遠鏡，一隻飛到外太空的眼睛，一種所謂「廣域與行星照相機」，「高解析攝譜儀」、「暗天體攝譜儀」，當然那個光學球面的弧度，在設計上產生了非常細微的誤差，後來科學家又嘗試發射一個像可拋式的隱形眼鏡，在地球軌道之外幫那隻羽視之眼「戴上眼鏡」。我扯遠了，但施伯確實相信，在他的第三隻眼，角膜前方一釐米處的那根金屬棒，可以讓他觀測宇宙的年齡，他忘記了他是原本那個毀滅的創造者，卻興致勃勃好像加入一個觀測隊，你我知道，我們現在還能這樣說話，是因為施伯的第三隻眼終於沒看成，被那隻眼睛「看見」的事物，未有不灰飛煙滅者啊。

阿碧成了這零點一秒，或說零點一公分之瞬，這個攤平宇宙（或說差一點點不存在宇宙）的媽祖、觀世音、聖母瑪麗亞。是的、是的，我沒有唬爛，相信你也聽出來了，我們現在所被包裹其中的那個膠囊，不，那個歷史，包括非洲第一批智人開始向亞洲、歐洲遷徙，屠殺了尼安德塔人，滅絕了包括渡渡鳥、史德拉海牛、開普敦獅、中國犀牛、斑驢、袋狼、愛爾蘭大角鹿、猛瑪象……等一百五十萬種動物，然後出現了埃及金字塔、春秋戰國、佛陀、羅馬帝國、耶穌、十字軍東征、蒙古帝國、鄂圖曼土耳其帝國、第一次世界大戰、第二次世界大戰……這一切戰爭、大屠殺、瘟疫、宗教、君王的名字、女人的肉體、經卷、火藥、監獄、船舶、香料、穀物、詩歌、戲劇、黃金……，這些全部是在施伯那「被封印的內視」，一眨眼已千萬年，其內演化的小人兒，後來其中一支叫「蘇聯」的國家，曾派出一架長程轟炸機，載了雷射武器，意圖將「外太空那根監視一切的金屬棒子」殲滅，還好沒有成功，否則施伯的「毀滅之眼」就看見啦。

有另外一種傳說，說是有一天阿碧與阿梵起了爭論，看誰更值得當模範生。就在他們爭論不休時，在他們的面前出現了一根火柱，熊熊火焰好似要燒毀我們學校。這個男生和女生中功課最好的兩位，見狀大驚失色，都決定應當去尋找火柱的來源。於是阿碧變成一頭巨大的野豬，順著柱子向下探尋了一千年；阿梵變成一隻迅飛的天鵝，順著柱子向上亦尋了一千年。但他們都沒有到達柱子的盡頭，於是疲憊不堪地回到原地。當他們回到出發地相見時，施伯出現在他們面前；此刻他們才發現這根柱子原來是施伯的大老二（所以施伯那時正在教室裡偷看黃色小說？）。於是兩位好學生認為這所學校最該當模範生最值得崇敬的同學，應是施伯。我想這是胡說，除非別班也有個同名，喔不，三個同名，分別也叫阿碧、阿梵、施伯的人。事實上，我認識的阿碧，才不會去爭什麼模範生，她在那件事之前，真的是個班上完全不起眼的女孩。另外，施伯怎麼可能在學校亂擼他的大老二？還大到像孫悟空的金箍棒那樣無限變大無限變大？這是個黃色笑話吧？像我們這種苦悶的中學，若是對男生們流傳的各種黃色笑話，做一個最受歡迎排行榜，我想「比屌大賽」那則應該會奪魁：放風箏的，釣魚的，打撞球的，以為是電線杆的，這真的很幼稚。

很多年後的同學會，我還聽一個整晚吃了一百份師傅握壽司的肥仔，說了一件當年逸事：說是當時班上有個叫馬里奧的轉學生（他是阿根廷人嗎），據說某次化學實驗課，大壞蛋施伯偷給他一種毒品，你知道我們這種中學幾乎從第一天新生訓練，老師們就洗腦的要我們學會「對毒品say no！！！」，但施伯那個邪人（我說過他父親有黑道背景），給馬里奧的是一種像髮膏狀的金蒼蠅嗎？其實那嚴格說不算毒品，是從大人的情趣商店流出的，一種爛男人用於約會強暴或給夜店美眉飲料裡偷下的春藥，淫蕩之水。但這種進化版的管制禁藥已方便成髮膏，你只要不動聲色抹一坨在某個女孩的頭髮上，那藥會從髮根、頭皮滲進她們的大腦中樞，然後會在眾目睽睽下做出淫蕩失控的動作。馬里奧試了班上好幾個聖女系的女生，造成混亂，但這白癡竟異想天開，想把剩下半罐這髮膠金蒼蠅，全抹上施伯的平頭上，真是知人知面不知心，大水沖到龍王廟！！！在千鈞一髮之際，又是阿碧出面，拯救了超man的施伯，若他變成淫賤嬌喘，那等藥退清醒後他會因羞憤想滅口用他那第三隻眼噴火燒了全校吧？阿碧真是永遠讓人驚奇，那麼嬌小平凡的她，跑到馬里奧面前，跳起妖嬈美豔的舞，我是聽這老同學說這不知真假的故事，無法想像阿碧要怎麼個妖嬈法？真的無法想像。或許阿碧也才被馬里奧的無差別惡戲，頭髮上也被偷抹了那髮膏狀金蒼蠅？總之她跳出一段讓馬里奧奪魂攝魄、狂流鼻血的性感肚皮舞，她嬌媚地說：「怎麼樣？馬里奧，你敢打賭，我做的每個動作，你也能做出嗎？」馬里奧立刻和她飆舞，這種場面，好像比較像哈林區黑人青少年的尬舞，你做出倒立頭頂貼地板旋轉十幾圈，我就得做出像體操選手鞍馬動作，左右手互換在地板單臂支撐車輪旋轉，但這傢伙說阿碧跳出的是比蔡依林謝金燕都要性感萬倍的豔舞，她做一個淫蕩的舞姿，馬里奧便如醉如癡地跟著做同樣的動作，全班同學都一旁鼓掌打拍……。最後阿碧做出撩弄頭髮，用手指朝頭髮向上翻的女神動作，白癡馬里奧也跟著做，於是他那擠滿手掌的髮膏狀金蒼蠅便全抹上他自己的頭髮上了……

你說阿碧是不是個天使，女神？她可不只一次救了我們大家啊。雖然我不知道，這個肥仔老同學說的這個往事，是發生在施伯抓狂砍了阿梵的腦袋那次之前？或之後？

Y 眼

顏忠賢

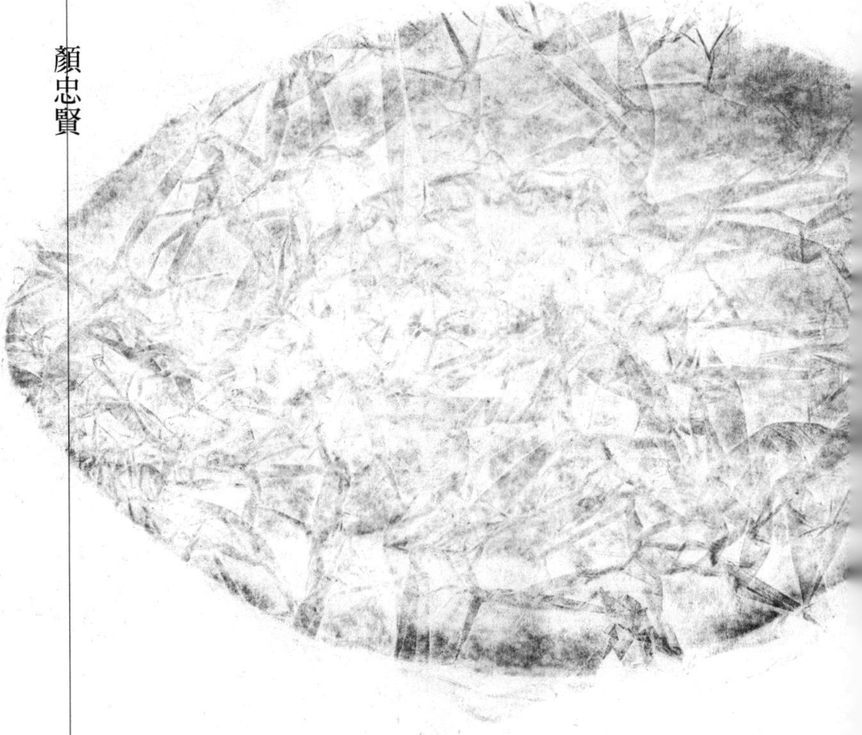

眼

~~*L'abécédaire de la littérature*~~

~~*Y comme Yeux*~~

「艋舺是神的也是鬼的……」法師對小時候陰陽眼的他說……

為了安慰他的乩身永遠深陷在被鬼魂上身的狀態……一如艋舺，太過黏膩而逼身的龍山寺那個廟裡永遠住滿了神可是也住滿了鬼，那個老地方其實是一個老時代的鬼東西全部都在的鬼地方，人間煙火奢求的不幸如何兌現成幸福種種的什麼……都在。要求功名的就可以去拜文昌帝君；要去當兵的就可以去拜關老爺；要生小孩就去拜那個註生娘娘；要出海的話或是要去外旅行你就去拜媽祖保平安；或是說他小時候被帶去拜法師一如拜觀世音菩薩這種老覺得老廟裡頭一如那種人間是有看不見的法力在庇護的，或許，那也不一定是去求什麼，而是提醒了某種這個時代已經慢慢消失的東西，尤其是在這麼躁鬱混亂的人間條件都更深更糟的鬼魂糾纏不休的老艋舺市井……在神明保佑的神祕龍山寺的種種半夜的最後才會出現在那最神也最陰的佛龕般的一如廢墟的最深廟身太多進落太多門扇前……小時候的他老覺得毛毛的那個鬼地方永遠太複雜也太古老到令他永遠只想逃離……

一開始只是從小天天夢見的那個龍山寺的藏經閣的他老跟著一群不認識但異常熟絡的不知是鬼魂們還是神明們玩遊戲……始終無法理解為何有說有笑地潛入那廟藻井凹口密道才能攀爬樓梯祕密到近乎無人知曉的不存在古代環形建築，近乎五層樓高環狀天井全數打通陽光透過弧形起翹龍身盤踞的圓洞扇窗照入的炫目迷離光影，鬼魂們在超長弧度扭曲變形的怪書梯間爬上爬下，這裡只藏卷軸，而在夢中的他老混入鬼魂們一如信眾們中爬梯拿下自己想看的一如籤詩可以解謎他的心事重重困難的老卷軸，並朝一位位年長法師走去，他們都穿了一身袈裟僧袍，還將卷軸攤開與某位法師長者對裡面的字畫不知道在高談闊論解籤般地解釋什麼宿命的咒語符文，他永遠無法理解也真想記得但是也記不得……

他的乩身仍然還徘徊在位於龍山寺藻井上祕密藏書閣前廟埕，老想起普度還更盛大地舉行超度亡靈法會還會擺滿了近百捲老卷軸拉開厚厚一疊疊由人皮所曬乾鋪底製成的古卷軸，信眾的鬼魂們成群面對自己的人皮上毛筆書法寫滿的金剛經法華經楞嚴經種種古代經文……眉頭深鎖端詳經文的咒語最多費解的問題重重保祐祂們去投胎轉世的神通種種細節。

老卷軸一如在艋舺老城老廟託夢的既是美夢也是噩夢般地兌現。勾勒老時代建築破爛不堪的老靈感，或許一如龍山寺勾勒充斥滿天神佛保佑的過多隱喻……有大仙小仙式種種神祕神通的永遠喚出。烏雲密布心事重重的花鳥蟲獸缺口，紋理瘦漏透皺地死皺眉頭的長相始終不明的童玩式老時代怪獸肢解的殘肢……

但是對夢中的小時候的他……老卷軸卻就只像老時代童玩式的玩意兒，或許可以召喚一如老時代懸起眼睜睜的老廟神明們巨大神像般可怕的陰霾充滿拉回漫長傳說壁畫凹洞口的他的老童話式的神話就是鬼話……風吹紙角還會剝落揚起地元神出竅渙散而破爛不堪還畫的是老街中擁擠的他童年時光隧道的召喚花鳥蟲獸都是神明也都有神通的離奇故事充滿怪現象般的一種兒戲的童玩狀態，一如他的童年就是一種節慶蔓延好幾年完全無法抗拒地無法無天。卷軸中喚出夢般地在舊騎樓的老地方動員童子功式遊戲的開心……一如卷軸是老時代法師們在艋舺老城老廟託夢的既是美夢也是噩夢般的兌現，一如他的夢勾勒老時代龍山寺勾勒充斥神話像童話般滿天神佛保佑的過多隱喻種種神祕神通的永遠喚出。一如從小每晚夢中進入藏書閣去找尋卷軸直到長大之後開始乩身已然進不了夢中的悵然若失。

或許，老卷軸也一如艋舺破舊不堪老建築如何老以淚洗面的長廊妾身不明多年的怨念幽微……不免喬裝引用了某種清明上河圖般拉長的古山水畫式的裱褙，或許只不過想調度一點點中國古代卷軸窄身畫幅般狹隘卻冗長的視野消失的透視感，用散落到龍山寺院落長廊末端的種種的潰瘍般濃郁的稀釋其紙糊所拓出的鬼影幢幢風貌凹陷脊身背影的種種艋舺身世滄桑，老卷軸都像用這種漿糊稀釋上膠貼斑斑駁駁老牆的古代貼法也只是古代城門旁貼抓江洋大盜水墨頭像懸賞紙告示的毛邊紙亂貼法……

小時候的他老感覺到自己即使在艋舺長大也不可能死守一生在龍山寺，一如所有外人根本無法體會的老時代人生狀態的複雜……老人們像老繡莊冥紙佛具店青草茶降火切仔麵老攤甚至流浪漢流氓流鶯的老跡象種種……永遠無法理解地在流逝。

一如老店的老闆客氣問候在半夜人仍然好多一如鬼市般的熱鬧場面混亂失控，破攤位前很多流浪漢睡在騎樓，很多老人在華西街口前吃清粥小菜，在夜市前的最後離開前坐在廟門口看到好多人好像好多鬼魂，甚至只是充滿憂愁的老人老太太路過的向龍山寺主殿拜拜充斥非常忐忑不安的心情沉重地對人生感到遺憾的負擔不起。

一如小時候他太想逃離……永遠需要幫冥端做事被恐嚇不要耍彆扭要乖乖的當乩身的一生恐慌……小時候的他永遠想要找到可以馬上退駕法門又找不到地太悲慘……一如每次入夢都容易遇到恐怖的詭譎魂魂，也可能就是他太過懼怕童年時期遺留下來的糾心痛楚。

然而他始終忘不了從小起乩日子的不好過，永遠不斷夢到各式各樣的鬼魂出現在夢中，有的向他哭訴、有的嗔怒得瞪著銅鈴般的大眼怨恨著向他嘶吼，夢裡他永遠忘不了也不斷跟他們憤怒咆哮，發生過千奇百怪的內心深處充斥著無人知曉的衝突暴亂，他記得他還拿刀刺向某個老要揍他的臉色發青的怪男人，還記得他嘴裡不斷咒罵著要某個瘋女人還我清白，就在這樣恐怖的情節裡面往往他總是在夜半的暴怒與嘶吼中自床上翻滾絞痛昏迷，老嚇著清晨還在夢鄉的家人們死命呼喚醒不來的他。最後他老還是得被帶回去龍山寺找他的法師救他……

老法師每過一陣子救他時老說「這又是該清一清破乩身的時候」，也通常總會清出幾個以為跟著他就會有好料吃的小鬼們，他已感到厭倦數十年來不斷有人從他的腦袋將腦漿偷走，法師常對他說好好保護自己別再任鬼魂取用你的腦漿，腦門都已然破了一個大洞，腦漿流光了哪還會有命……他老覺得自己這一生注定是被欺負的，但是有時候小鬼們也真的是很過分，還甚至在午睡時間對他下手到被鬼壓到上課鐘響還是起不來，被老師們質疑他故意上課睡覺……殊不知他的腦袋內在是清醒但就是眼睛張不開、手腳四肢僵硬甚至是耳朵還有疾風呼呼悲鳴的恐怖聲響。

那樣的日子裡他不安困惑甚至難過到了半夜睡不著，一如強迫症一日比一日更嚴重到腦內想著十遍退乩身還沒退成……自己就還更自虐到是用力敲打後腦幹腦門口那最危險地敲到後頸都可明顯感到酥麻，有時知道自己再敲下去會死只好分心大力抓傷手掌皮肉痛來暫時阻止腦門流光的荒唐……他老想辦法解決但也還是只能靠吃藥的一點憂鬱症藥或鎮靜劑但吃了之後更悲慘……因為更後來的悲慘遭遇是沉淪更深地陷入……夢是夢不到什麼、看也看不到什麼，然而卻更成天昏昏沉沉行屍走肉像失智眼神空洞的喃喃自語，帶著厚重的黑眼圈，對活下去再也不感興趣也不知道為什麼的日復一日昏沉……

他絕對記得從有記憶以來小時候上學，同學都忙著念書之餘戀愛然後放學去附近補習班繼續纏綿……但是他的小小腦袋卻反反覆覆地想著他到底為什麼去學校被小鬼們欺負，他應該快點回龍山寺找法師救他……或是法師救完他再等一下就可以在回家前去吃著龍山寺旁的泡花生湯的油條加小湯圓……回想起來小時候他混雜有點失落遺憾疑惑的情緒根本毫無頭緒，一連串上身驚嚇他的冤親債主，使他永遠睡不飽，餘悸猶存地回顧昨晚到底又是一個個不認識的阿姨嬸嬸婆婆媽媽大叔阿公鬼魂出沒突然出現在他夢境裡請他一定要幫他們的忙，然後覺得他的那隻腳突然動彈不得去醫院照X光發現根本沒事到最後只好再去龍山寺法師那邊去求救……清出一團團哭得死去活來聽起來也可憐的老老小小鬼魂生靈……

有的老鬼們還會跟他道歉說：「弟弟啊！謝謝你讓我待在你乩身裡，這幾日打擾你了，真的是非常不好意思。」還是另外的老鬼們會用著邪惡的眼神看著他強硬說：「絕對不會饒過他，要帶他下地獄做他乾兒子。」之類的鬼話……最後還是會被做法收魂的老法師大聲叱喝說：「荒唐！在龍山寺佛祖神靈面前祢怎還敢如此放肆亂來……」

小時候的每個夜晚都是他糾心的夢魘，過一陣子太悲慘的他老跟著完全不知為何會生到他這怪胎的母親，只好認命帶著法師交代的六菜一飯還有金紙銀紙收魂法器去特別安排法事的龍山寺後殿，每回那死白陰沉的緊急逃生照明下陰暗中法師收驚時所做法事那種種神神祕的祭品老將小時候的他嚇壞又無奈……

他永遠忘不了有一日那忐忑不安太久的老法師語重心長地告知家人對他最好就是出國遠離臺灣……因為臺灣是寶島，是眾神仙佛也是眾妖魔鬼怪同時修煉的好所在，尤其宮廟又多，你老家就在龍山寺旁，這怪胎小孩的乩身與鬼魂們太近……

一如夢中藏書閣的老卷軸永遠召喚古蹟古樓古牆古樹的找尋可能更召喚這老地方的地氣的斑斑駁駁又深深淺淺的這龍山寺老建築群的種種角落，他的乩身一如他的陰陽眼只是為了拓印原來時間空間的老肌理，丈量並改寫這些半廢棄的艋舺一個個廢樓一個個空屋所遺留下來的身世，困在這一帶亦新亦舊的怪的亡魂們像怪物像廟裡不明神明像線上遊戲中的魔獸被召喚出來的迷亂……他小時候的乩身寫滿對艋舺老房子的被遺棄的感傷的嘆息，在樹在牆在柱在梁在窗口在門洞在屋頂在樓梯間出沒種種角落的更殘破中爬滿的巨大斑駁的神祕神通。

在龍山寺的藻井凹口深淵太古老的種種跡象一如他乩身永遠被上身一生所陷入的神通及其傷害……法師在龍山寺這老玄關旁煙霧瀰漫的上香打坐時光中，跟始終受苦難過想不開的他講了好多的更深的神的話語般的揭露出的暗示……法師說他的乩身問題或許不只是他原來的自己想不開人生的部分。終究還是要深入地完全切割地回到自己，到底自己這一生想要什麼？在乎什麼？或是不捨什麼？法師說有三個困難重重包圍的階段在你煩躁不安緊張情緒種種問題的找尋：從「不知道乩身」到「知道乩身」到「知道乩身怎麼上身怎麼退身」……

他說他的一生從小就乩身太常被上身所以狀況不好也都看不清楚……但是

老法師卻安慰他說因為狀況不好反而看得更清楚，因為不想再忍耐了，所以反而可以感覺到最不想忍耐什麼，想想最不想忍了的就是要害，想清楚了就知道怎麼做……不要被種種問題無解的性格逃避的宿命心態影響。那是被老鬼小鬼們上身傷害他的一再發生什麼的無解……也更不要因為自己不甘願、害怕而始終無法理解更內在的自己。知道自己的乩身被上身其實很艱難。一如所有的小時候的他的乩身被上身的經驗，完全不像是演出各種角色，而更是將一整個最怪異於他的乩身某種未知的人稱的眼中向外望……他的乩身變成了他的另一種不可告人的經驗所束縛的身世及其一個又一個一生的崩潰敗亡體驗，太痛苦了……法師說到多年來他自己在龍山寺剃度出家前也有過很多次非常悲慘的人生谷底始終走不出來，甚至有一次還竟然忍耐地甘願好多年乩身被上身始終想死……非常悲慘的那幾十年被欺負得想不開……到後來才出家。一如一生每個人都是有一個老的靈的老位子，他的陰陽眼的靈體，應該是善良天真光明磊落來渡人渡鬼的劫數……即使因之乩身的自己受傷困惑也是不會改變心意，只是小時候的他還不知如何面對自己內心深處的乩身被上身的太過漫長困難重重，更困難的卻更是他知道不知道到更後來的他接受不接受這種起乩的宿命，每一個人都需要一生很長的時間來測試判斷和更深入的對自我宿命的理解，但是最快的方法就是傷害宿命乩身本身一如火燒到手的疼痛，一如始終邊界崩潰邊緣的誤入歧途冥界孤魂飄渺不定太久就快轉成的最後沉轟垮下那一刻起乩的乩身刺激。

一如他從小被上身的乩身面臨一生起乩出差錯的困難重重……宿命中的他應該要從小剃度就好好跟老法師出家，好好學很老派的法術，學什麼樣更深的內在體認的講究。但是，他這不受教的靈童乩身始終沒有準備好……

有時候更晚的夢中……他自己一個人最後就只能孤身坐在龍山寺那最著稱細膩的舊藏經閣和老派木製天井前打坐或只是發呆，時間變得非常的緩慢但是又非常的快速……彷彿所有的狀態都無法理解地深入了什麼或是跌落了什麼的深沉感到終生難忘地連分心去看書都覺得實在太對不起這個太完美的老藏經閣的每一個細節的沉浸感……

尤其是在藏經閣裡卻反而沉浸在另一種和法師之前談了好久好久打坐的時候的完全解不開的麻煩糾心這幾年的陷落底端的什麼……

這個老地方每一個繁複講究的細節那麼講究到好像一個深淵那種深不見底的龍山寺舊時代老神明保佑信眾們永遠跪地鞠躬致意姿勢曲折一如苔痕院亭臺樓閣皺縮收納老時代感才能講究出來的艋舺的最終端的沉浸……但是卻又有種更深的他的起乩般神經質隱藏起來的怪氣息的太裡太怪太內在的什麼會因之被摺曲無法理解為何地被終於翻出來的乩身上身的一生的永遠不甘心……

太傷感情的太不甘心的曾經連續好幾晚作同樣的夢。他跟法師說……一如遇到鬼魂們，但是仔細一看卻是在龍山寺尾端側殿斑駁的牆壁和窗戶玻璃灰塵密布的空氣中的光暈晦暗的某個怪異的老舊木屋裡，非常多的飄浮於半空中或坐或躺或倚著的藍皮綠骨的人影，大人小孩男人女人都有，都身影渙散但是眼神注視著他，那麼怪異的一屋子的鬼的可怕，更仔細打量卻又只像是早年的港片的特效不好的魂身出場的狀態……電影場景中的道具間的試拍劇照畫面，或是另一種不入流的怪設計師品牌形象的演出實驗性服裝秀的秀服太多太亂的場子。怎麼看都不恐怖，也不像鬼魂，那麼多的人，他只認得臉上肌膚泛淚但是泛藍卻仍然甜美可人地微笑的張國榮對他說：「你的上輩子乩身就是我……」不知怎麼回事，突然想起來微笑的好像演過鬼電影的張國榮也好像過世很久了……」才開始有點害怕。一如龍山寺那種神祕神通廣大逼問的……始終就是個蘭若寺般妖怪幢幢建築物內物外的恐怖威脅的暗示的……或許都是自己找自己麻煩的縮影……也有氣無力的解決不了的，也始終沒有頭緒地找尋著，一直拖延時間的流逝著到最後關頭還是沒有想法到不得不承認地想放棄……想著到之前的這個艋舺就像電影中著魔的郭北縣古城造訪過匆匆忙忙一如心臟衰竭更深更底層的急促沙沙聲瓣膜閉合不良影響或是心室破洞中的想不開還硬攀岩高空彈跳的焦慮……

但是小時候他的夢中的後來始終還是又困在同一個老地方……始終費心照顧著他找了很久在龍山寺藏書閣裡研究早期的中國功夫悲劇電影的怪卷軸，那是某一個二三十年代初期的電影拍攝現場魔術師般表演的舞臺演出的怪現象的功夫像是特技表演不自然的感覺……太多太多的疑點重重的招式動作考究的引用風格與技法表現的非常清楚又不清楚，竟然是一本舊時代卷軸線裝髒兮兮的蛀壞紙頁還有眉批的沾墨毛筆寫的孤本。

坐在那昏沉醉心孤本種種涉入功夫的怪心法研習如何入世承諾困難重重的字跡潦草無法理解的彷彿無邊無盡的什麼糾心其中幾天的他老想成可以用這老時代的怪異感找龍山寺旁老繡莊師傅放大成更誇張地刺繡一大幅等身高長幅裱褙書法絹布卷軸，但是如果想要再費心地刺繡更多細節更講究的話幾年後或許可以刺到完全懸滿整個老廟身的滿滿一屋子大的一如符籙護體的符文。他拿給門徒們看想可以這樣做的開心而心動不已時，變臉他們都說他有病的看不清自己是誰地神經兮兮到以為自己是龍山寺裡的老法師再投胎轉世神器法陣般的神通可以完成這種怪異神通般的鬼東西……

他跟老法師說……死寂的龍山寺奢華古建築藻井下大廳的盛宴杯盤狼藉的那晚天亮前的最後一剎那，他不知為何自己會在那裡頭，衣衫不整的很多人混在一起昏睡的神案前的那一張大床上，太多鬼魂們都因為前一晚的大醉而深睡，他也沒有醒過來，只是在低聲打鼾遠遠近近此起彼落隱約聽見的怪異狀態下，用餘光發現也斜躺在旁那陌生女人還是女鬼不知為何正為她旁邊的陌生的那老法師（或許可能是她前世的丈夫或情人或男人）正貪婪地舔陰莖地沉迷於某種淫靡的氣息之中……但是他擔心的不是她會不會過來也為他口交而是擔心她為他口交時全身仍然無力的自己如果無法勃起也太傷感情……

最後跳下老建築逃離的時候，才發現自己竟然全身都穿小時候袈裟的他，一路從破舊不堪的斜屋脊往屋簷縱下再沿著走廊跑步疾行到了建築的盡頭再往側邊的巷尾陽臺隔空彈跳而下，逃過很多很多殺手的追殺的一路卻從來沒擔心過自己多年病痛的膝蓋和腳踝舊傷落地那一剎那的狀態，但是為什麼他會被特務綁架事件發生之後就出任務到現場就緒卻被暗算出賣中埋伏守候的時候還竟然驚險逃離了……也因為時局太亂條件太差的時候就應該知道怎麼做才不會辜負老法師的救命之恩……一如地氣太難沒人敢碰地其實現場很乾燥到……很像沒有神明保佑的廟宇寺院道場的開光不了，有矛盾之後就更分裂的症狀包括發燒不滿情緒激動的不可理喻般的逃離……

一如回到那藏經閣種種古卷軸預言了艋舺龍山寺拜拜的信眾人間的裡和外的必然完全切割斷裂一如古厝恐怖片般的老建築死角充斥著濃濃黑暗感的老地方只變成是容器沒有什麼問題明顯地理所當然的神經兮兮的現身應該要一如可以看得到胚胎的胎衣……纏身的黏膩黏膜。找尋更神祕的神明光景地景。也一如卷軸中充斥著古畫中的最世故也最複雜龍山寺拜拜祈福儀式的怪狀態深入種種狀態重畫出一條老街內街整條街甚至到每一棟老建築的立面高低長寬尺度材料工法繁複即使已被修補手術過了還是都不太一樣的高難度，或是被修補前的大到列柱屋簷門口門扇小到柱間轉折摺疊內縮外突種種窗框門縫鎖頭……種種老時代感的細節……艋舺的老建築太過複雜屋內街歪斜高低複雜到，夜半古厝暗窗透露的暗光竟然是血紅色或靛藍色很美很陰地陰霾密布的恐怖，但是卻也可能只是消防栓或逃生口的光線閃閃發亮的誤解……之前始終太複雜也太難沒人敢碰的神明和鬼魂的過手……其實現場也很像沒有神明保佑的廟宇寺院道場的開光不了，有矛盾之後就更分裂的症狀包括發燒不滿情緒激動的不可理喻般的逃離……

逃離不了的夢中最後……仍然是小時候的他陪著老法師去龍山寺側殿增建太多年的那棟混凝土好像始終無法完工的仿古老中國建築雕梁畫棟建築怪大樓的電梯間旁的左邊那一側有另一個門，那回不小心坐太久往下到了地下五樓會打開，就像一個破衣櫥那麼大，或說就是一個像小洞天般的房間。一起坐電梯的法師們跟我說。他們在龍山寺二十幾年了都沒有發現過。也記得地下室沒有地下五樓。這小洞天房間有太多太多謠傳故事和怪事，還有太多角落老師你也不知道……也是最近才發現原來自己也不可能知道的法師們笑著說：太多太多怪異的眼光的刺激感作祟的太多人卻喜歡躲在角落裡談天約會或玩遊戲捉迷藏或甚至做愛野合，因為同時還可以聽到電梯裡的人聲說話很刺激，不過有一年還曾經在異味散發出來後才打開發現過一具無名屍體竟然就是他前世的乩身……之後就算清走了仍然好幾年半夜坐電梯還是會聞到自己乩身的屍臭。

Y 眼

童偉格

眼

~~L'abécédaire de la littérature~~
~~Y comme Yeux~~

群鴿出船，繞我盤桓，一圈圈整隊，逐漸加大周徑，而後，就集體神隱在海天對映的白茫中。那是牠們一生裡最後一回、亦是旅程最其漫長的一次返家競賽；牠們之中，只有極少數能勝出。勝出者將受特別珍視，有了自己名字，和配種權。牠們做為身分識別的眼瞳，會被鐫刻在紀念錶面上，成為最永恆且內向的一種視見。牠們短暫餘生裡，單單一羽的身價，依我估算，可值十座在更其漫長的競爭裡，潰逃了的我村。

是在全島蓮霧樹長腳，沙沙走山，走向少有風暴的南方暖冬去結果那年，在島北，我村敗辭了我島。我記得昔時節候，彷彿當阿婆看我走進屋外光照時，神情已預告我之後一切。她是我祖父大哥的太太。我從未見過祖父，或任何苦勞且早夭之祖輩，我只見過她。在我眼中，她實在是太老了，基本上不動，也不說話，但那於彼時之我，其實都無妨。

我放眼，望見竹林，茶園，梯田，果樹叢，從山頭盤旋而下，直至遠方看不見的溪溝底。一條小路，通過我所站的庭埕前，有時隱入綠蔭，有時鑽出，聯繫見或不見的二十幾處房舍。蟬鳴音量，大得好像天地間不容其他聲響，卻從不擾人。我聽一小段，從中理清這些群群落落，剛從土裡爬上來抱樹的生靈，各自親疏關係。我且聽見風穿林而過的形廓；聽見枝葉搖擺間，害害羞羞、悄悄讓渡的寂然。我抽出藏在樹叢裡的木棍，我的打狗棒，沿這唯一一條小路走，邊走，邊打響沉睡地頭。我計劃順道，再去親善那二十幾戶家屋。

蜂群在花叢間飛舞，浮雲遠拓地表，贈給牠們一個浮島般的夜。牠們以琉璃複眼，將浮夜看出光影流，引領自己飛行或急停。這從至上到極下，冷冷暖暖的流湧，依憑各自航向，在這谷地所盛裝的一碗虛空裡，織造一縷縷隱密的共感網絡。那使我明白，此處野地每冒一叢花，山外另處野地也就收訊了，也就瞭解了，也就在下一陣寂靜風裡晃呀晃，拔地生出花姊妹。

那就像是，在我視線所及的極下地表再下去，還有神祕的風，在地底奔流與傳信。那也像是將來無數季節，都預先礦藏地底，如今，它才像蟬一般，絲絲線線抽繹進虛空，在枝椏間旋扭出時間的具證。於是，當我看見路邊，離我最近的這棵蓮霧樹，帶頭結滿旖旎一路而去的小小鈴鐺時，我情不自禁抱住它，即興跳了支土風舞。

帶著一身野花野草，滿頭金龜與臭蟲，我翻過矮籬，翻進人家後院裡，續行我的親愛計畫。著陸那刻我笑倒了，因為水管在我腳下碎裂了。那真像是從瀑布頂跳進河裡去，我濺起的水花，直達屋頂那樣高。我猜想我踩爆的，是家屋的主水管，大動脈，我不懷疑此刻，那二十多條主水管所共用的水源地，山上那口湧水湖，正呼嚕嚕吐著漩渦。我應當立刻去關水閘，但那遍灑柏油渣屋頂的虹霓，讓我看傻了。

虹霓一顆顆，小小巧巧，在黑漆斜坡上彈跳，蹦落，結合，又再分裂。我不懷疑，此刻，好多從湧水湖順勢奔下的新生命，都慷慨幻化在那七彩斜坡上了。如同早前，在我家，當母親扭開廚房水龍頭，看見一整群已孵化的黑頭蝌蚪，連同未孵化的透明卵蛋，嘩啦啦一體滑進水缸裡時，她就知道，是春天再次降臨，盛滿谷地了。那是神的隊伍。那整群有的尚缺胳膊、有的未有四肢，有的根本還沒長眼的族裔，如此奮力一搏，順著水管前仆後繼下到田野來。我認為，即便是那每春一度的媽祖繞境，那用七星劍和刺球自殘的悍猛護衛隊，也不能媲美牠們的決絕。

這神的隊伍，啟動山谷盛水期，這被母親用粿布細心濾起，野放進田渠溪溝裡的湧水湖移民，沒日沒夜，全都咯咯咯長大成蛙了。咯咯咯，牠們在月光下，在漲潮般的田野草澤間追逐求偶，豪放極了。隨追逐步伐，牠們各自以溼潤皮膚拖動一片水霧，如放風箏，將山谷春夜，交纏得載浮載沉。咯咯咯，這二十幾戶人家，好像也隨牠們的追逐各自漂開，像小小人造衛星，在廣漠銀河裡，裝載各自小小心思與哀愁。

直到春日將近，這些瘋狂雨蛙才總算喊啞了嗓門，耗盡了力氣，各自像年老的獅子，拖著一身皺皮囊，獨身潛向更深草澤，一一先行離境。或者，還有那些戀棧餘生，不願走離的，就在另些細雨將臨的夜，在白蟻破土，長出翅膀，向光飛舞之際，從石頭縫裡灰溜溜鑽出，各自有禮蹲好，抬起牠們老似神靈的塌臉，張嘴不動，靜靜等候，與共享一根電線杆光圈裡的供養。

在每年第一場颱風，這些戀棧石頭縫與電線杆的，最後一批看守雨水的神伍，就會像牠們來時那樣，全體整隊離境。在雨下得最猛烈，天像倒海那般陣陣崩跌伊時，牠們撐開皮囊，像一頂傘，抓住暴風，隨氣旋盤桓群山，做最後巡禮。牠們逆時鐘一圈圈飛高，回去牠們所來自的湧水湖，和先行抵達的同伴再次歡聚。每年第一場颱風不容商量，它用暴虐盤旋，昭示神佑空檔，和山谷枯水期的起始。它測試這二十幾處房舍的經年整備。它暫時將村莊勞動力，以家為單位，囚困在各自家屋裡。它讓我比較認識自己父親。

一大一小，父親和我在家屋裡焦躁亂竄，父親無聊剝腳皮，我就無聊剝腳皮，父親終於有積蓄，要去尿尿了，我也跟上去尿尿。我們一起看電視雜訊，靠著窗戶，擠看雞鴨魚鳥，無神無主飛過去。屋頂開始滲水，我們都奮起，搬家具，拿水桶，端鍋盆，四處奔走去接漏。當暴雨真的放肆，房子各個孔竅都倒灌進雨水時，我就靠在窗邊，看父親母親，一前一後抬著什麼，從窗前飛過去。他們在屋外，用他們從垃圾場拖回珍藏的廣告帆布，一一蓋住這四面臨風破屋子的八扇窗。我跟著他們在屋裡跑，看他們一扇扇抹瞎房子的眼睛。我為他們開門，放他們半身溼淋淋，逃進我們這個如今一窗一世界，有如七彩燈籠的家屋。

七彩燈籠搖搖欲墜，像在隨風旋轉，搖著轉著，突然間，電就停了，那是我最開心的時候，特別，是在那萬能電鍋，還來不及將生米煮成熟飯伊時。母親沒法強迫我必要吃飯了，她會泡太白粉，煎麵糊，變出各種只有借助颱風之力才能變出的餐點。在全世界的海中央，在滴滴答答下著小雨，家具全都層疊架高，各自錯位的七彩家屋裡，在海中央的更中央，那世上最後一角乾燥地頭，母親將最後一塊廣告帆布鋪散開來，我們就盤腿坐在上頭，像坐在最近幾句值得張揚，馬上作廢的人類夢話裡，由我來指認與翻譯。我們就仰看我們傢俱山，吃著我們的魔術餐點，像乘著小船，在有著群島的，我們自己的領海上野餐。

這就是當看見那一顆顆虹霓，在屋頂彈起又蹦落時，我想起的事。我還想起，當風雨平息，我們走出家屋，看見從山頭到溪溝，一切歪斜潦倒的線條，都曝曬在一個好新好新的晴天裡。我知道，這表示半年盛水期被結算了，多慾諸神受償補了。我也知道，這表示在接續著的人類生活裡，結算與補償亦是永無止境的：必定還有第二次，第三次，或者將臨的更大天災。但我不怕，對我花費整個童年，終於這樣去適應的山谷生活，我有我廢材般的自信。我邊走，邊咬著冷麵糊，繼續在山谷裡漫遊與野餐。我重新走在一個晴天裡，看田渠倖存的長臂蝦蟹，如今都終於無愧地游出。我看見這二十幾戶房舍所蓄積的勞動力，如今終於又再一體湧出，去鋸除路倒的樹，去走巡田水，或如母親那樣，將一屋子泡溼的床單被褥全都洗了，全在屋外張晾了。

母親將一整家屋家具，全都拖到庭埕上，讓那些泡水的桌腳椅腳，被曬得又更蓬鬆開來，像年輪吃進時間，再也難以真的復原了。這也就是我們的復原方式，也就是當我看見從虹霓底，屋頂下，走出這個即將吃完時間的老人時，我想跟他說的話。

老人，這個我總喚作老姑丈的人，顯然是在午睡時，被我的意外爆管，給從床板上活活嚇起的，他一定以為是遭雷擊，或炮襲了。事實上，從他虛弱到不能再去田裡勞動後，他的人生，就像是一場漫長午睡了。他變得懼光，只在凌晨天將亮，或傍晚天快黑時，才溫吞吞踱出家門。如今，他提前醒來了，用他黝黑的手扶著家屋的牆走到我面前，用他夢遊者的眼神，想弄明白發生什麼事。我再讓老姑丈欣賞那虹霓一會，才去關水閘。我哈哈笑，走到他面前，踮腳尖，搭住他的肩膀安慰他。我看進他那浮著白翳的雙眼，像看進他那長期被肥料農藥給泡浮了的五臟六腑裡。不要怕，沒事，我對老姑丈說。

其實，我暗自慶幸老姑丈還在夢遊，或慶幸著，我村不作興打別人家小孩。我得去找地方晾乾自己了，我甩甩溼透衣襬，告辭，我跟我老姑丈說。我轉頭四望，撿回我的木棍，像仗義俠客撿回他的劍，再一翻身出後院，揚長而去。我看向已歷未來，知道當祖師爺繞過境，中元普渡也完畢了，山谷天氣轉涼之時，我的巡訪將變得更其繁忙。因為天暗得快，可是我總有好多人要親吻，要擁抱，要仗義扶持。我繼續用打狗棒打響地面，沿途散播兩口袋從曬穀場偷來的熟稻。我參與每場跳房子，在每場扮家家酒裡，扮演死掉離開，讓大家懷念的那個人；使每場捉迷藏，持續搜尋失蹤人口一整個下午無法結束。

但無論公務如何繁忙，我總掐準時間，在天黑前返家。差不多就在我剛把木棍藏妥，剛乖乖坐好時，父親母親也就從山上下來了。母親脫下頭巾斗笠，擦把臉，準備做飯，父親去屋後洗手腳，順便磨鋤刀。我還是乖乖坐著，一動不動。這是種私人嗜好，像夜哨兵在安靜平原上，傾聽任何不尋常的聲響，我也在專注等候有人走過我家庭埕，直接轉去屋後，找父親談話。

然後，來了，我聽見屋後水龍頭關上了，父親說話音量大了，在甩手，在抽他的藤條了。來了，我看見父親虎虎從屋後，穿屋走來我靜坐恭候的客廳，對著我吼，說小廢材，其實父親是連名帶姓喊我的，但語調差不多這意思。小廢材，你有沒有去搖人家果樹，或你有沒有去踩人家水管，或其他我忘記我幹過的事了。有，我馬上承認，順勢就離開椅子，給父親跪下了。來吧，這是我內心獨白。

父親揮動藤條，打得我原地團團轉，哇哇叫，跟上次一樣，直說我以後不敢了。這時，這位勞煩您了走一趟來告狀的芳鄰，看著罵著覺得教訓得差不多了，就來勸解我父親。但當然，這樣是還不夠的，父親繼續打。這時，母親把同一鍋湯從廚房端出又端回，端回又端出，覺得真可以了，就走來，輕聲問芳鄰，要不要一起吃飯，嘿該吃飯囉。但當然，這樣也是還不夠的，父親再繼續打。這時，我最期待的事就要發生了。

事實上，在那整個原地亂轉躲藤條，假戲真做的哀嚎中，在整個沉睡無事的山谷，在我眼中，好像都隨我挨打而正輕輕盪起塵埃的過程裡，終不令我失望的是，隔著庭埕和一棵大榕樹，住在我家對面，那總深居簡出，鎮日癱在一張藤椅上的阿婆，此時，總會像過電了一樣。她會從一個他人無法與聞的世界中起身，會一手拄著拐杖，一手提著垮褲管，用不可思議的快步，簡直就像穿著溜冰鞋一樣，從漫漫煙塵中俯衝過來，拉住父親，解救我，順便叨唸了父親一頓。雖然，她可能也不認得我父親是誰。

然後阿婆，就由父親邊道歉，邊扶著，慢慢再走回去，回到她那長期以來，做為全村最老的人，孤獨無語的守寡生涯裡去了。我擦著眼淚，目送這個總令我打心底歡快的魔術時刻。是這樣的，在整個孩提時代，我真以為每個孩子，都自然像我一樣，被什麼網絡，給配給了，或共享了這樣一位分不清誰是誰的阿婆。當我們吃痛，她就受召喚而來，用我們平日看不見的活力姿態出現，而也只有這樣的我們，能喚活那樣的她。

我心滿意足，撫慰自己真誠的自殘，像上一回，感覺從此世上再無別事可期。我只等待父親穿過庭埕再走回，與我們再一同聚餐。一吃飽，我就睏了，但十分無奈，我得在客廳架開我的摺疊書桌，開始寫我那層出不窮的新作業。我對著洞開大門瞧，夜色裡，紛紛蟲鳴一直讓我分心。母親過來敲我頭，說再皮，書就別念了，明天就帶我一起去做山。彼時我認為，這實在是變相鼓勵了。

我等候，當那二十幾戶家屋全然沉睡，我就再走上這條小路，跨過路肩護欄，如兒時，藏坐在突出崖面、如飛鳥棲所的暗渠排水口之上，聽聞眼下各種聲響。草澤中想必猶有鳴蛙，牠們是我最後同伴。牠們棲身在真正廣遠的寂靜裡，因周身草海奔湧，已然噬盡一切聲響。牠們使我覺得一切都仍在近鄰，於是死亡，僅是一個過於古意的念頭。

牠們靜默告知我，當長臂蝦蟹從田渠消失，蜂群迷航，幼蟬與白蟻都不再破土後，神的雨蛙隊伍也就不再整隊，永久擱延了牠們奮勇的下行之旅。當田地廢耕，果樹無果，竹林茶園隱沒在荒草叢中，山谷中這二十幾處家屋，也就不再能護持任何神靈遶境了。諸神也就從善如流，從此不再經過這處廢棄地。那從極上到至下，紛紛塌陷與擠壓的壞毀，將我村濃縮成無神無主的垃圾場，然而，我村在我島上，也只是用一種最典型的壞毀方式，被拒絕在一切人的記憶之外。

所以，做為敗倒者的後裔，在一個錯亂季節裡，當我村一切過往均告辭了我，我再無人可以擁抱與親吻時，我就最末一次敲響這沉睡無事的唯一一條報訊路，穿過這從溪溝延伸到山頭，長眠於夢境的舊址，走上我這無人接信的離家路。我獨自順著河走，走到島的海岸。定居在出海口有點好處，就是關於長期的結算與償補，一個人能看得比較清楚些。在每場颱風過後，我走到出海口，去沙灘上清點遺物。我猜想，有更多遺物是被沖過淺灘，沖進海的深處了，然而，在那樣的海面上，卻是什麼也沒有的。特別，是在陽光與海對映的晴天裡，四周白茫，真正的荒蕪。

牠們使我再不疑惑，已然知悉那一兩羽勝利者之外的萬餘多賽鴿，事實上都歸去何方。當船歸返，我坐在甲板上，想起自己早曾置身的海中央，像痛責這才真切臨身，卻已與一切皆失聯。其實，彼時我早該預見，飛行是有重量的，當能神行的全數飛返，屋舍全空伊時，船明顯不那麼壓得住浪了。那片海與天，隨船頭上下搖傾，或者，像船也只是在對著它之所見，不斷地拜別。

Y 評論

潘怡帆

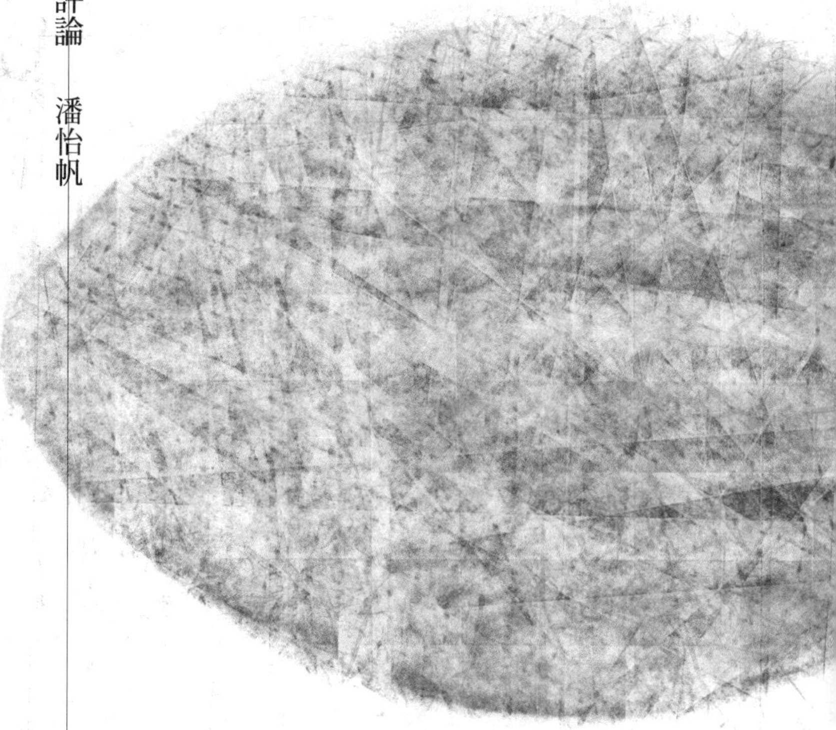

眼

~~*L'abécédaire de la littérature*~~
~~*Y comme Yeux*~~

小說是關於「看」的藝術，卻無關看見的對象。被看之物總是逃避觀看，馴良的學生可能瞬間變身為凶手，直徑約略地球四分之一的月亮看起來不比家裡的臉盆大。觀看總已涉及背叛，就如同瑪格麗特寫「這不是一根煙斗」在煙斗圖像上。然而，小說亦不能不「看」，因為小說通過建立獨特的「看點」而誕生。小說觀看，但既非看見亦非看不見，而在看見「看不見」。並非幻想不在場的事物，例如腦補、AI換臉或P圖，亦非揭露被遮蔽之物，例如扒糞黑幕。祕密並不會因為曝光而消逝，它只是遁入「謎底即謎題」的形式，就像雪盲因觀看強光過度而看不見，被爆料的祕辛將以公開祕密被二度遮蔽。看見看不見並不是消除「看不見」，而是使之以「缺席」的方式在場，像深呼吸使不可見的氧氣在場。呼吸並不是氧氣本身，卻驗證氧氣的存在，氧氣通過呼吸被復原了可見性。《追憶似水年華》的斯萬先生從情人的五官提取出波提切利《耶羅斯的女兒》的輪廓，此時，觀看無關乎情人與畫像是否在客觀比例上確有近似，亦非眼花，或對畫中女子的移情，相反的，不可見又不可捉摸的愛情藉由藝術作品的可描述性與可見性被間接道出。斯萬借藝術作品描摹愛情，他的觀看讓事物遁入更深層的如其所是，泛出重紋與肌理，拋光成專屬於他且浸潤在愛情色澤中獨一無二的物件。以物寓情正是通過勾勒物件，使目光中的細膩撫觸與流連再三的情感同步浮顯。因此，被還原成可見的不僅是對象，還有觀看本身，觀看經由對象被觀看著。物件吐露細節而能宣洩情感，非因借喻之故，而是通過描摹物件，觀看被一併交還眼睛，小說敘事如是構成折返自身的回望，使沉默於對象中不可見的「看點」被看見。尼采的告誡正悠然迴盪：當你望向深淵時，別忘了深淵同時在回望著你。

黃崇凱以印傭阿燕為核心，凸顯被看與看的距離。在兩重視線的切換中觀看，使不可見在看點移動的往返間光影閃爍。小說描述印尼華僑阿燕流轉在兩戶臺南家族裡幫傭的經過。擁有客家血統的阿燕總是以「異鄉人」的方式被觀看，在臺灣，「印尼的那一半會被放大，華人那半會縮減，正好跟家鄉相反」。她介於不同族群，總是被帶刺、敵意、差異信仰與排華的視線輪流盯看。在雇主眼中，她不衛生、狡猾且來自鄉下的未開化之地，必須嚴加管教、沒收護照，可以隨意增加工作，甚至擁有她身體的主宰權。對家鄉的人來說，她不知足、背叛家族的期待，一心想嫁臺灣郎以兌換寬裕的生活。然而被貼滿不屬於自己標籤的阿燕也在看，看見家鄉的荒野，與關在養滿燕子溼暗屋內心滿意足的阿叔。她看見雇主剝削其勞力卻理直氣壯的面孔：「包含看護、整理家務、料理三餐等等項目。老闆娘說我們每個月除了妳的薪水還要負擔有的沒的費用，算起來也要兩萬三千多，多給三千是極限了。」她也見到前雇主先生「只是忍不住」便可以摸上她的胸，或他的兩位兒子進房探視祖母，卻毋須向房間主人（中風的祖母與她）先打招呼，以及現任雇主家裡讀國中的弟弟在她休假時一路尾隨，想找她確定自己能不能喜歡女生。小說往來於看與被看的視角交換，然而意義不同的視線卻從未交逢，兩種觀看的距離無從化解：阿燕從未對他人的眼光提出辯駁，她沒有告訴前雇主先生「那兩團肉不是摸不得，只是沒想到在那種情況下被摸」，她也沒有向阿叔解釋，她想要的只是一個「出外獨立生活的辦法」。不加評斷的白描使距離無從彌補，而且加劇成鴻溝，於是從兩種視角中湧現第三種潛藏在文脈中的看點：通過觀看所展現的是其實沒看見，與沒看懂的盲目。盲目無法指認，因為它在被看清時，便已自我抹除。伊底帕斯王刺瞎雙眼，為了逃離明眼人的盲目，因為觀看看不見盲目。不同於眼瞎，盲目並非感官失能，看見反而成為看不見的原因。看見外籍勞工、華裔外族或外配的身分反而使阿燕面目模糊，不被真正認識或看見。因此看見無法擺脫盲目，唯有脫離既定之見，才得以中止盲目，重新看見，就像通過賣咖啡的年輕人眼睛，才使阿燕帶有原住民線條的臉龐真正浮現。由是，我們從小說裡讀出盲目與從中脫逃的可能，那是換位的重新觀看，就像阿燕爬上老太太不在的氣墊床，看向她隨侍在側的摺疊床，從另一種角度自我凝視；那亦是對所見的重識，如同阿燕勤跑電影院以便不（被）看，發光的超大螢幕前收容著不被看見的黑暗。黃崇凱以觀看描摹盲目，思索看與盲目的一體兩面。必須擺脫定見，才能掃除內在於觀看中的眼盲，這便是胡淑雯接著將帶我們重返赤誠的孩童之眼。

胡淑雯描寫九歲「我」的觀看，那是「囡仔人有耳無喙」所搜羅的世界集錦。有別於說出己見，建構意義，貼上標籤，定型世界，兒童是囊括一切聽聞，只接收不播放，只進不出的受器。只聽（看）不說，使兒童的見聞毋須通過任何成人式的審核，亦不遵循既定的理性法則，海納百川地匯聚著各種差異與前後違和的觀察，由是構成中性的（neutre）看點。中性不指向公評、行善、客觀或正義的視線，而是通過能無止盡納入另一種觀看而同步擴增的寬容，是以倍增觀點的運動所形構的中性看點。不一定與不準時的動態構成小說開場的生機盎然：「我從來不知道，冬天是怎麼離開的，因為春天並不準時，花開並不準時，外婆的宿疾發作也不準時。所有活生生的事物都是不一定的。」只有發生卻沒有痕跡可循的敘事進一步道出小說裡的觀看既不打算給出不變的真理，也與任何判斷勾不上邊，只是眼睛純粹的好客（hospitalité）。因此在九歲小女孩眼中，外婆癲癲地比較活潑愛漂亮，而她無藥可醫的心病使小女孩不定時地因陪她看病而賺到出門郊遊的福利。兒童的觀看使瘋狂與疾病擺脫因被視作禁忌而難以直視或啟齒的宿命，踰越為嘉年華式的狂歡，外婆的病從被家人放任無視，轉而成為兒童引頸期盼的難逢良機。沿著看病路線，大飽眼福而歡樂無限的視覺饗宴：「這一趟看病的旅程，並不是以直線前進的。一路上，我只要看上任何有趣的人，外婆都會給我時間，允許逗留，讓我看個夠。」扒竊為業的聾啞人、乞丐間爛腿的大蒐奇，簽賭的人忙著勘破密碼，市場裡吃的涼粉、愛玉、熱麻糬、紅豆湯，診所對角巷子裡站滿不同臉龐的女人，青的、慘白的、紅的或腫的，公車上的陌生男子與嬰兒的哭聲……馬戲團般的街景市聲把外婆從失蹤的外公、「死了一個祖母，與一對七歲的雙胞胎女孩」的命案與保守祕密的恐懼中解放，將她的反常、忍不住一直拍手或自言自語一併收攏到由氾濫的微笑、繽紛、詭譎、華麗、無節制的浪費所造成的歡騰景致中。瘋癲通過慶典理所當然的反常與放縱而被正名。不斷湧入的觀看微調著小說的內部運轉邏輯，兒童的中性看點以富饒多元的細節化解一成不變的定見，於是在她看來，外婆到皮膚科醫心裡的病沒有不妥，壞掉的內在當然能跟著表皮汰換而代謝。兒童的視域裡處處連通一氣，她一視同仁且津津有味的聽聞眾聲喧嘩的世界，觀看成為寬宏的庇護所，毋須語言審判或分析，而僅僅佇足於如其所是，不必歸類。人間之景紛呈共處，不要求整齊劃一。瘋子、醫生、乞丐、小販、妓女、色男或嬰兒沒有誰比誰更好，或更可怕，沒有判準便沒有取消任意一個的必要。由此可見，包容無關乎倫理的良善或崇高的道德標準，而是一切判斷與預設的拆卸。唯有使歸納停擺，才能鬆脫框架，所有成見的消融和解成為觀看的可能。

通過兒童的視線，胡淑雯描摹無聲勝有聲的觀看純粹性，那是接納而非分類、包容而非塑型的眼睛。觀看成為無窮放大，而非窄化的運動。有別於胡淑雯向外擴張的世界，陳雪則提出一種內在性觀看，使二人互看是為了繞經最遠距離以便折返自身。副班長林美心與轉學生阿奇猶如參差對照的鏡像，他們都是「沒媽媽的孩子」，美心的母親到外地工作，阿奇的母親生病死了。缺席的母親使美心家的華宅功能荒敗，阿奇鐵皮屋的陋室卻刻意有序，他們相互介入，穿梭於兩個家庭之間，約定交換獎牌。家境的酷似使他們產生親密感，將對方看成自己的肖像，像穿衣鏡般藉著對方使自己從潦倒中整頓，迎頭趕上鏡子彼端，更好的另一個自己。阿奇對整潔的要求使美心成為更稱職的姊姊，他亦以功課與體育的優異表現來回報美心的彈琴天賦，他們像雙生樹般相互纏繞地看照成長。然而國小畢業、搬家與就讀不同國中逐漸卸除了他們的相似性，美心的母親終於回家，阿奇失聯後第一個通信對象並非美心，美心亦不再能把這個「沒有一處跟她記憶裡相似」的阿奇看成自己。他們之間不再是副班長且彈著一手好琴，衛生股長又是運動健將的相稱對看，相反的，保持前三名且身高一七五的阿奇使美心看見自己被迫換獎狀、念鄉下國中、矮小、不起眼、陰鬱、彆扭而愈漸自慚形穢。納西瑟斯的水中倒影轉變為撞見梅杜莎的驚懼。梅杜莎是一連串暴政的犧牲品，她被海神強暴招來雅典娜的詛咒，將她變為蛇髮女妖，最終被珀修斯所殺，那是一張集誘惑、憤怒與死亡的面容。接踵而來的傷害構成了梅杜莎的原型，看見她便猶如親蒞她所遭遇的各種打擊，那些悲劇使再柔軟的血肉都要化為尖礫，見證著她的痛苦，亦將她的視域重重包圍進冷硬的石堆裡，梅杜莎的眼中只能看見凍結的石像，折射成她的自我鏡像。阿奇寄來的信上寫著美心讀不懂的日文「勉強」，無法溝通的話語像礫石般砸向美心，劃下鴻溝：「妳長得很勉強。我看得很勉強。大家都說很勉強。」美心用梅杜莎之眼重讀著阿奇對她的觀看，劣化她所身處的世界，而誠如雪萊《詠佛羅倫斯美術館達文西的梅杜莎》所言，唯有她看穿自我厭惡的凝視，才能取消加諸於己的憤怒，恢復人形而散發光彩，由是梅杜莎的血液既是劇毒，也是自我救贖的解藥。美心從多年後返家的母親眼中，辨認出自己梅杜莎的倒影：「妳是不是看不起媽媽。」母親梅杜莎式的質問肖似於美心對阿奇的心事，重疊的鏡像使美心得以理解母親的心境並與之和解，繼而領悟了日文中「勉強」其實是努力去學習之意。勉強一詞的真相大白成為貫串小說的草蛇灰線，從美心教授阿奇數學到阿奇督促美心用功努力，這「一直是個勵志的故事」，亦通過不同角度的觀看使單純的起心動念折射多重景象，從看似簡單的人心構築出無數故事藍圖的潛能。

陳雪翻摺著美心的視角，反省不同觀察角度對自我世界的影響，將向外觀看反摺為面向自我的內在性凝視。駱以軍則讓觀看擺動於遮蔽與開顯間，通過看與不見的光影疊交，層層揭開觀看中的複眼重瞳。小說始於一場中學生的鬥嘴，數理天才阿梵與黑道之子施伯互爭「誰最屌」。當施伯抽出尺刀，斬下阿梵頭顱之際，彷彿同步切開另一個時空，重演印度教三相神之爭。主管創造的梵天與毀滅神溼婆互爭誰的法力更高，溼婆氣急敗壞而砍斷了梵天五顆頭裡的一顆，維護之神毗溼奴丟出法器調停二神之爭，就像小說裡的阿碧用一副鐵鈸蓋住施伯雙耳，撒出兩片花瓣遮蔽其眼。當施伯憤而從額頭睜開能滅絕全世界的第三隻眼時，阿碧與毗溼奴同樣擲出在高中生看來像電動棒的金剛杵。蜂鳥喙般的杵尖從此如影隨形地跟著施伯的第三隻眼，停頓釘在他虹膜前一公分處，阻止獨眼噴出火焰，免除宇宙的毀滅。作者異動場景，以現代高中生寫遠古神靈，使小說敘事者「我」一目重瞳地從高校制服穿越回妖嬈紗麗(Sari)的魔幻時空，使平凡的女學生阿碧能突然躍至半空，丟出法寶拯救了世界，就像她毫無特色的身影一回首卻露出絕無僅有的銀白眼珠。作者一語雙關，一景寫二境，把庸常的本象擠兌成「看似庸常」的表象，使日常生活轉而暗潮洶湧，讓習以為常轉瞬風雲變色。然而小說的目的比較不在建構通向另一個夢幻國度的道路，像前往納尼亞王國的衣櫥，轉世的雅典娜與聖鬥士們重返聖域，而是通過對所見的劈層揭裱，使狀似一鏡到底的觀看暴露其內在的疊床架屋：「似乎我又一次搞混了漫畫和課室裡的人際關係」、「事實上沒有東西脫逃了，阿碧只是藏了一小段螢幕跳閃的，『神打了個呵欠』，藏在毀滅之眼所照看的死角」、「有另外一種傳說……我想這是胡說」、「我不知道，這個肥仔老同學說的這個往事，是發生在施伯抓狂砍了阿梵的腦袋那次之前？或之後？」敘事者的觀看不斷被收回、重看、錯看或眼花，對眼前之景的不甚確信與猶豫導致現實與幻想不再分明，駱以軍的目的並不是科幻，非以「看見」證實「有」異時空的穿越。相反的，觀看不斷被半路攔截，藉由搞錯、胡說、看錯來混入另一重現實，使看見陷入矛盾而退回什麼也沒看見。倘若芝諾通過前進的無窮細分證實運動不可能，駱以軍則通過摺曲視線倍增景象，使看見不可能。芝諾說在抵達目的前必須經過目的的一半，一半可以無窮再被切分，由是，我們不斷從抵達前撤回永遠走不完的無窮半途；駱以軍在觀看中反覆安插另一種景象，使「看見」不斷打開又一再摺半縮限於更繁複視域的無窮倒退中：「阿碧成了這零點一秒，或說零點一公分之瞬，這個攤平宇宙（或說差一點點不存在宇宙）的媽祖……是的，我沒有唬爛，相信你也聽出來了，我們現在所被包裹其中的那個膠囊……，這些全部是在施伯那『被封印的內視』，一眨眼已千萬年。」無盡觀看源於被重複切分的奈米時間，看似持續向前展開的故事實際上是對同一景致的內向開鑿，單一觀看總已內摺了時空的無限看點，就像小說的發展僅僅內摺於阿碧用金剛杵把施伯（毀滅）之眼停滯於張開前一瞬。駱以軍使我們察覺，小說不是獵奇經驗的實境報導，而是不同看點對同一事件的包圍，事件在不等距的各種觀看裡迂迴出容納差異內情的時空，構成了抽絲剝繭的小說層次。由是，契科夫用「可是忽然間……」的觀點將日常瑣事轉折成內心戲高潮迭起的〈一個文官之死〉，駱以軍用

「搞混、不知道，還有另一種可能……」的觀點反摺，搭建出由看見構成看不見卻滯留於視網膜內的宇宙。

駱以軍通過倍增的共時景觀，使觀看一再撤回尚未看清之前，陷入了必須永無止盡的拚命觀看；顏忠賢則以陰陽眼、夢中之見與鬼魂附身的觀看，取消看見與沒看見的對立，二者不是楚河漢界而是相互包含。陰陽眼在他人沒看見之處看見，沒看見成為看見的預先在場，二者的連續關係取代了相互對峙。闔上眼睛才能張開夢境之眼，結束白晝間的觀看將會召喚出另一種夜裡的靈視，由是，閉上眼睛不會停止觀看，恰恰相反，它通過構造另一種觀看方式，擴張了可見性，使看見內含了看不見或沒在看的潛在條件。一旦看與不看構成一體兩面，不看則不再可能，但凡閉上眼睛則置身夢中觀看，而唯有張開眼睛才能從夢中離開。看，成為無法中止的延續，作夢使眼睛用緊閉的方式，繼續觀看。於是，小說主角飄移在一個接一個的不同夢境，愈睡愈累，也愈無力地永恆看著與醒來，他說自己「永遠深陷在被鬼魂上身的狀態」，即使不斷換片卻恆處於on檔而無法關機。陰陽眼與噩夢連連將主角的身體不斷推離自己的掌控之外，他無法控制所見選擇不看；即使閉眼睡去仍一再被夢境強迫甦醒，他的身體屬於乩仙而非他自己。這使主角感覺受困，總是從「某種未知的人稱的眼中向外望」，不同的神靈或鬼魂附體將呈顯不同的心境、景象與時空，使他之所看脫離眼見，將「看」與「見」裂出距離。顏忠賢將看不見凹摺成看見的條件，又在永恆的看中篩出見的差異，就像小說一方面通過夢境的疲勞轟炸，使人目不暇給，陷於重重觀夢的迷宮，但另一方面，來往於夢境與清醒的失眠者沒有因為暴露在過度觀看中而獲得更清明的視覺，相反的，作者反覆暗示看錯的可能，迫使主角必須瞥目「仔細一看……更仔細打量……。」由不看所構成的觀看、所見與所看的距離，召喚著梅洛龐蒂（Merleau-Ponty）的思考：「觀看即遠距擁有。」把物品直接貼在眼前，什麼也看不見，因為零距離使觀看無從發揮作用。必須保持距離才能觀看，觀看誕生於距離之中。然而距離不僅無法被觀看，亦非我們觀看的對象，它以缺席方式在場，被遺忘卻從未消失。所有的看見總已包含一段看不見的距離。看見來自看不見的成全，眼睛的聚焦是從龐雜視域中凸顯對象，通過對其周遭的無視，使我們專注於它。當看見與看不見不再對立，而是相互構成時，錯認與錯覺才能回歸為觀看的條件，而非眼睛犯錯的結果。布朗肖說：「看，確實總是帶著距離看，但它允許距離把它從我們這裡拿走的東西還給我們。」沒有不帶距離的觀看，亦沒有無視差且恆常如一的視見。觀看永續且恆錯的特性就像小說主角從神鬼降乩逃向夢境，又從噩夢轉回附靈的永劫回歸，一旦取消對立，則任何道路都逃不出連續的直線迷宮。

顏忠賢切斷觀看與真理之間的羈絆，童偉格的觀看則「對它之所見，不斷地拜別。」觀看總是對觀看的拜別，無論是全神貫注於對象的向外觀看，或內向觀看觀看本身，觀看要不缺席，要不以非它所是的標本被認識，因為觀看不是被看，它製造而非成為對象，它獵捕而非獵物。觀看於是無法被任何書寫捕捉，被寫下之物總已是「觀看物」。那麼，如何可能書寫觀看？那必然不涉及去說明看見什麼，而是把文字還原為動態，使被看逃離其塑型，變異所見，以便不斷拜別所見。於是所見不再僅止於所是，更做為魍魎，遙指那總已杳無蹤跡的非可見之見，以觀看的遺跡驗證其曾經在場，以時差分歧出運動。變異所見將被看還原成觀看的運動，寫成小說的開場白：「群鴿出船，繞我盤桓，一圈圈整隊，逐漸加大周徑，而後，就集體神隱在海天對映的白茫中。」並非我看群鴿，而是被看的群鴿繞著觀者飛翔，但是敘事者「我」亦非群鴿盤桓的對焦看點，因為鴿子長在兩側的眼睛向內看亦同時向外看，它們狀似逡巡流連，卻逐漸加大周徑，向外偏移而遠離。句末的神隱則使我們得知，觀看唯有處於非此非彼之際才得以瞥見，它只在觀看對象尚未成形前在場，就像馬塞爾在小瑪德蓮的滋味中徘徊尋找引發神妙感受的端點。在嘗試看清什麼時，觀看存在，它正以「離開這裡，走向那裡」的運動進行式逐步確立被看之物。由是啟動小說內的觀看運動，蓮霧樹長腳，我村辭別我島，一陣風將此地吹往彼處，「拔地生出花姊妹」。小說運轉著世界，使不動盡皆運動，並告訴我們：「在我視線所及的極下地表再下去，還有神祕的風，在地底奔流與傳信。那也像是將來無數季節，都所見之動無不共時乘載著不可見之動，因而所見不僅止於所預先礦藏地底……」是，它不再是由急凍瞬間構成輪廓鮮明且可辨的物質，卻流形毀貌成時間的湍流，誠如羅丹所言：「藝術家說的是真話，而攝影說的是謊話，因為在現實中，時間不會停止。」現實的觀看將具形流變為油彩的游動，像小說從踩爆的水管湧現虹霓，一顆顆小巧的虹霓幻化成黑頭蝌蚪衝出母親廚房的水龍頭，那樣一支神的隊伍以離境預示颱風的逼近。當母親將泡水的傢俱拖到庭埕曝曬蓬鬆開來，盛水期便結束了。等曬過稻穀的庭埕空下來的時候，會有人走過，父親揮動籐條，打著「我」原地起舞，而對面的阿婆會從塵煙中俯衝過來解救「我」。觀看流轉，未曾佇足於任一處，構成了無核心的運動。摘掉轉移焦點的對象，便能卸除固定思考的繩索，唯一要緊的事是跟著運動而動，跟著觀看，甚至蛻變為觀看。倘若觀看只能發生於運動之際，規律的四季循環必再遭變異，就像小說末了，長臂蝦蟹消失，蜂群迷航，田地廢耕，再無任何神靈遶境，我村也就排除在一切人的記憶之外，成為真正的荒蕪。因為當所有的運動消失時，觀看亦不復存在。

黃崇凱談觀看之盲，胡淑雯使眼睛成為最好客的器官，陳雪通過鏡像，反摺視線，駱以軍製造永恆的觀看，顏忠賢將看不見併入看見，擴充觀看的可能，童偉格最終將觀看還原回運動，生於動盪，死於穩固。楊凱麟提到，文學是關於看點或聽點(而非內容)的創造。內容聚焦對象，看點則由無數對象的反射所包圍，由是，內容總能使人知悉一件情事，而看點則還原出世界的無窮樣貌。

作者簡介

◉策　畫

楊凱麟　一九六八年生，嘉義人。巴黎第八大學哲學場域與轉型研究所博士，臺北藝術大學藝術跨域研究所教授。研究當代法國哲學、美學與文學。著有《虛構集：哲學工作筆記》、《書寫與影像：法國思想，在地實踐》、《分裂分析福柯》、《分裂分析德勒茲》、《發光的房間》與《祖父的六抽小櫃》等。

◉小說作者（依姓名筆畫）

胡淑雯　一九七〇年生，臺北人。著有長篇小說《太陽的血是黑的》；短篇小說《哀豔是童年》；歷史書寫《無法送達的遺書：記那些在恐怖年代失落的人》（主編、合著）。主編《讓過去成為此刻：臺灣白色恐怖小說選》（合編）。

陳　雪　一九七〇年生，臺中人。著有長篇小說《無父之城》、《摩天大樓》、《迷宮中的戀人》、《附魔者》、《無人知曉的我》、《陳春天》、《橋上的孩子》、《愛情酒店》、《惡魔的女兒》；短篇小說《她睡著時他最愛她》、《蝴蝶》、《鬼手》、《夢遊1994》、《惡女書》；散文《像我這樣的一個拉子》、《我們都是千瘡百孔的戀人》、《戀愛課：戀人的五十道習題》、《臺妹時光》、《人妻日記》（合著）、《天使熱愛的生活》、《只愛陌生人：峇里島》。

童偉格　一九七七年生，萬里人。著有長篇小說《西北雨》、《無傷時代》；短篇小說《王考》；散文《童話故事》；舞臺劇本《小事》。主編《讓過去成為此刻：臺灣白色恐怖小說選》（合編）。

黃崇凱

一九八一年生，雲林人。著有長篇小說《文藝春秋》、《黃色小說》、《壞掉的人》、《比冥王星更遠的地方》；短篇小說《靴子腿》。

駱以軍

一九六七年生，臺北人，祖籍安徽無為。著有長篇小說《明朝》、《匡超人》、《女兒》、《西夏旅館》、《我未來次子關於我的回憶》、《遠方》、《遣悲懷》、《月球姓氏》、《第三個舞者》；短篇小說《降生十二星座》、《我們》、《妻夢狗》、《我們自夜闇的酒館離開》、《紅字團》；詩集《棄的故事》；散文《胡人說書》、《肥瘦對寫》（合著）、《願我們的歡樂長留：小兒子2》、《小兒子》、《臉之書》、《經濟大蕭條時期的夢遊街》、《我愛羅》；童話《和小星說童話》等。

顏忠賢

一九六五年生，彰化人。著有長篇小說《三寶西洋鑑》、《寶島大旅社》、《殘念》、《老天使俱樂部》；詩集《世界盡頭》；散文《壞設計達人》、《穿著Vivienne Westwood馬甲的灰姑娘》、《明信片旅行主義》、《時髦讀書機器》、《巴黎與臺北的密談》、《軟城市》、《無深度旅遊指南》、《電影妄想症》；論文集《影像地誌學》、《不在場——顏忠賢空間學論文集》；藝術作品集：《軟建築》、《偷偷混亂：一個不前衛藝術家在紐約的一年》、《鬼畫符》、《雲，及其不明飛行物》、《刺身》、《阿賢》、《J-SHOT：我的耶路撒冷陰影》、《J-WALK：我的耶路撒冷症候群》、《遊——一種建築的說書術，或是五回城市的奧德塞》等。

◉評論

潘怡帆

一九七八年生，高雄人。巴黎第十大學哲學博士。專業領域為法國當代哲學及文學理論。著有《論書寫：莫里斯·布朗肖思想中那不可言明的問題》、《重複或差異的「寫作」：論郭松棻的〈寫作〉與〈論寫作〉》等；譯有《論幸福》、《從卡夫卡到卡夫卡》，二〇一七年以《論幸福》獲得臺灣法語譯者協會第一屆人文社會科學類翻譯獎。

字母會Y眼

作　者——楊凱麟、胡淑雯、陳雪、童偉格、黃崇凱、駱以軍、顏忠賢、潘怡帆
總 編 輯——莊瑞琳
責任編輯——吳芳碩
校　對——盧意寧
裝幀設計——霧室
排　版——張瑜卿
行銷企畫——甘彩蓉

出　版——春山出版有限公司
地　址——臺北市文山區羅斯福路六段二九七號十樓
電　話——〇二－二九三一－八一七一
傳　真——〇二－八六六三－八二三三

經　銷——時報出版企業股份有限公司
地　址——桃園市龜山區萬壽路二段三五一號
電　話——〇二－二三〇六－六八四二

製　版——瑞豐電腦製版印刷股份有限公司
初　版——二〇二〇年二月
定　價——二二〇〇元（套書不分售）

國家圖書館出版品預行編目資料

字母會Y眼／楊凱麟等作
－初版－臺北市：春山出版，2020.02
面；公分
ISBN 978-986-98497-3-9（平裝）
863.57　108019416

春山出版

EMAIL SpringHillPublishing@gmail.com
FACEBOOK www.facebook.com/springhillpublishing/

填寫本書線上回函

L'abécédaire de la littérature: Ultime